Kadokawa Fantastic Novels
怕痛的我，
把防禦力點滿
了
夕蜜柑
[插畫]狐印
All points are
divided to VIT.
Because a
11
芙蕾德麗卡
Frederica's STATUS
Lv80
HP ???/???
MP ??/??
[STR ??]
[VIT ??]
[AGI ??]
[DEX ??]
[INT ??]
⚠ SECRET ⚠
U0074950
Welcome to
"NewWorld Online".

「「呵呵呵，
這是我們特訓的成果喔！」」

突襲巨大烏賊時
梅普露的手化為觸手，勢要撕裂並吞噬烏賊，
同時結衣與麻衣各用八把巨鎚暴打。

「那就一起去看看
怎、怎麼樣？」
差點露餡的薇爾貝
用笑容掩飾，
邀兩人一同前往。
蜜伊則眼神欣羨地
注視她。
「我接下來沒事，
就一起去吧。」
在第七階的寧靜山丘上

SKILL Knowledge of Magic X / Secret of Magic Ⅷ / Fast chanting /
Multiple chanting / Fountain of magical power / Mana Ocean / Fire Magic Ⅷ /
Water Magic Ⅷ / Wind Magic Ⅷ / Ground Magic Ⅷ / Dark Magic Ⅵ /
Light Magic X / MP Enhancement large / MP Saving large /
MP Recovery speed Enhancement large / Magical attack Enhancement large /
Power Boost / Magic Boost / Increased magical power / Buff Magic /
Poison Ineffective / Paralysis Ineffective / Stun Resistance large /
Sleep Resistance large / Freeze Resistance medium / Burn Resistance large /
Song of Battle / Uplifting

Frederica's STATUS
Lv80 HP ???/??? MP ??/??
[STR ??] [VIT ??] [AGI ??] [DEX ??] [INT ??]
⚠ SECRET ⚠

怕痛的我，把防禦力點滿就對了

夕蜜柑

[插畫] 狐印

Welcome to
“NewWorld Online”.

Kadokawa Fantastic Novels

CONTENTS

All points are divided to VIT.
Because
a painful one isn't liked.

0850 1048 4070 7603

NewWorld Online STATUS

GUILD 大楓樹

NAME 梅普露 Maple

LV 64

HP 200/200 MP 22/22

PROFILE

最強最硬的塔盾玩家

雖然是遊戲新手，卻因為全點防禦力而成了幾乎能無傷抵擋所有攻擊的最硬塔盾玩家。個性純真，能從任何角落找出樂趣，經常因為思想太跳躍而嚇傻身邊的人。戰鬥時不僅能使各種攻擊形同無物，還會打出各式各樣強力無比的反擊。

STATUS

STR 000 VIT 17550 AGI 000

DEX 000 INT 000

EQUIPMENT

新月 skill 毒龍

闇夜倒影 skill 暴食 / 水底的引誘

黑薔薇甲 skill 流滲的混沌

感情的橋梁 強韌戒指

生命戒指

SKILL

「盾擊」「步法」「格擋」「冥想」「嘲諷」「鼓舞」「沉重身軀」

「低階HP強化」「低階MP強化」「深綠的護祐」

「塔盾熟練Ⅷ」「衝鋒掩護Ⅵ」「掩護」「抵禦穿透」「反擊」「快速換裝」

「絕對防禦」「殘虐無道」「以小搏大」「毒龍吞噬者」「炸彈吞噬者」「綿羊吞噬者」

「不屈衛士」「念力」「要塞」「獻身慈愛」「機械神」「蠱毒咒法」「凍結大地」

「百鬼夜行Ⅰ」「天王寶座」「冥界之緣」「結晶化」「大噴火」「不壞之盾」「反轉重生」「操地術Ⅱ」

TAME MONSTER

Name 糖漿 防禦力極高的龜型怪物

「巨大化」「精靈砲」「大自然」 etc.

points are divided to VIT. Because a painful one isn't liked

Welcome to "NewWorld Online"

6892 1179 0606 0847

NewWorld Online STATUS

GUILD 大楓樹

NAME 莎莉 Sally

LV 66

HP 32/32 MP 130/130

PROFILE

絕對迴避的暗殺者

梅普露的死黨兼夥伴，做事實事求是。很照顧朋友，不忘和梅普露一起享受遊戲。採取輕裝配雙匕首的戰鬥風格，憑藉驚人專注力與個人技術閃躲各種攻擊。

STATUS

STR 130 VIT 000 AGI 180

DEX 045 INT 060

EQUIPMENT

深海匕首 水底匕首

水面圍巾 skill 幻影

大海風衣 skill 大海

大海衣褲 死人腳 skill 步入黃泉

感情的橋梁

SKILL

疾風斬 破防 鼓舞

倒地追擊 猛力攻擊 替位攻擊 精準攻擊

快速連刺Ⅴ 體術Ⅷ 火魔法Ⅲ 水魔法Ⅲ 風魔法Ⅲ 土魔法Ⅲ 闇魔法Ⅲ 光魔法Ⅲ

高階肌力強化 高階連擊強化

中階MP強化 中階MP減免 中階MP恢復速度強化 低階抗毒 低階採集速度強化

匕首熟練Ⅹ 魔法熟練Ⅲ 匕首精髓Ⅰ

異常狀態攻擊Ⅷ 斷絕氣息Ⅲ 偵測敵人Ⅱ 躡步Ⅰ 跳躍Ⅴ 快速換裝

烹飪Ⅰ 釣魚 游泳Ⅹ 潛水Ⅹ 剃毛

超加速 古代之海 追刃 博而不精 劍舞 金蟬脫殼 操絲手Ⅶ 冰柱 冰凍領域

冥界之緣 大噴火 操水術Ⅴ 替身術

TAME MONSTER

Name 朧 能以豐富技能擾亂敵人的狐型怪物

瞬影 影分身 束縛結界 etc.

ll points are divided to VIT. Because a painful one isn't like

Welcome to "NewWorld Online"

0557 4654 3729 1094

NewWorld Online STATUS

GUILD 大楓樹

NAME 克羅姆 Kuromu

LV 84

HP 940/940 MP 52/52

PROFILE

不屈不撓的殭屍坦

NewWorld Online的知名高等老玩家，是個很照顧人的大哥哥。和梅普露一樣是塔盾玩家，身上的特殊裝備使他無論遭遇何種攻擊都能以50%機率留下1HP，並具有多種補血技能，能極為頑強地維持戰線。

STATUS

STR 140 VIT 180 AGI 040
DEX 030 INT 020

EQUIPMENT

- 斷頭刀 skill 生命吞噬者
- 怨靈之牆 skill 吸魂
- 染血骷髏 skill 靈魂吞噬者
- 染血白甲 skill 非死即生
- 頑強戒指
- 鐵壁戒指
- 感情的橋梁

SKILL

「突刺」「屬性劍」「盾擊」「步法」「格擋」「大防禦」「嘲諷」
「鐵壁姿態」
「護壁」「鋼鐵身軀」「沉重身軀」「守護者」
「高階HP強化」「高階HP恢復速度強化」「高階MP強化」「深綠的護祐」
「塔盾熟練X」「防禦熟練X」「衝鋒掩護X」「掩護」「抵禦穿透」「反擊」
「防禦靈氣」「防禦陣形」「守護之力」「塔盾精髓IX」「防禦精髓VII」
「毒免疫」「麻痺免疫」「暈眩免疫」「睡眠免疫」「冰凍免疫」「高階燃燒抗性」
「挖掘IV」「採集VII」「剃毛」
「精靈聖光」「不屈衛士」「戰地自癒」「死靈淤泥」「結晶化」「活性化」

TAME MONSTER

Name 涅庫羅 穿在身上才能發揮價值的鎧甲型怪物

「幽鎧裝甲」「反射衝擊」 etc.

...oints are divided to VIT. Because a painful one isn't liked

...elcome to "NewWorld Online"

1121 6511 1627 4925

NewWorld Online STATUS ‖GUILD 大楓樹

‖NAME 伊茲 ‖Iz

Lv 69

HP 100/100 MP 100/100

PROFILE

超一流工匠

對製作道具有強烈執著，並引以為傲的生產特化型玩家。在遊戲世界能隨心所欲製造各種服裝、武器、鎧甲或道具，是這款遊戲對她而言最大的魅力。雖然平時會盡可能避免戰鬥，最近也經常以道具提供支援或直接攻擊。

STATUS

[STR] 045 [VIT] 020 [AGI] 080

[DEX] 210 [INT] 085

EQUIPMENT

‖鐵匠鎚・X

‖鍊金術士護目鏡 skill 搞怪鍊金術

‖鍊金術士風衣 skill 魔法工坊

‖鐵匠束褲・X

‖鍊金術士靴 skill 新境界

‖藥水包 ‖腰包

‖感情的橋梁

SKILL

「打擊」

「製造熟練X」「工匠精髓X」

「高階強化成功率強化」「高階採集速度強化」「高階挖掘速度強化」

「高階增加產量」「高階生產速度強化」

「異常狀態攻擊III」「躡步V」「望遠」

「鍛造X」「裁縫X」「栽培X」「調配X」「加工X」「烹飪X」「挖掘X」「採集X」「游泳VII」「潛水VIII」

「剃毛」

「鍛造神的護祐X」「洞察」「附加特性VI」「植物學」「礦物學」

TAME MONSTER

‖Name 菲 幫助製作道具的小精靈

「道具強化」「再利用」 etc.

ll points are divided to VIT. Because a painful one isn't like

Welcome to "NewWorld Online

NewWorld Online STATUS

GUILD 大楓樹

NAME 霞 Kasumi

LV 81

HP 435/435 MP 70/70

PROFILE

孤絕的舞劍士

善用武士刀，是實力高強的單打型女性玩家。個性沉著，時常退一步觀察狀況，但梅普露＆莎莉這對破格拍檔還是會讓她錯愕得腦筋短路。擅長以變化自如的刀技應付各種戰局。

STATUS

STR 205 VIT 080 AGI 105

DEX 030 INT 030

EQUIPMENT

蝕身妖刀・紫 / 櫻色髮夾

櫻色和服 / 靛紫袴裙 / 武士脛甲

武士手甲 / 金腰帶扣

感情的橋梁 / 櫻花徽章

SKILL

「一閃」「破盔斬」「崩防」「掃退」「立判」「鼓舞」「攻擊姿態」

「刀術X」「一刀兩斷」「投擲」「威力靈氣」「破鎧斬」「高階HP強化」

「中階MP強化」「高階攻擊強化」「毒免疫」「麻痺免疫」「高階暈眩抗性」「高階睡眠抗性」

「中階冰凍抗性」「高階燃燒抗性」

「長劍熟練X」「武士刀熟練X」「長劍精髓VI」「武士刀精髓VII」

「挖掘IV」「採集VI」「潛水V」「游泳VI」「跳躍VII」「剃毛」

「望遠」「不屈」「劍氣」「勇猛」「怪力」「超加速」「常在戰場」「戰場修羅」「心眼」

TAME MONSTER

Name 小白　擅長藉濃霧偷襲的白蛇

「超巨大化」「麻痺毒」 etc.

oints are divided to VIT. Because a painful one isn't liked

elcome to "NewWorld Online"

3030 8825 2743 3535

NewWorld Online STATUS

GUILD 大楓樹

NAME 奏 Kanade

Lv 57

HP 335/335 MP 250/250

PROFILE

難以捉摸的天才魔法師

具有中性外表和卓越記憶力的天才玩家。雖然擁有這樣的頭腦讓他平時避免與人接觸，但遇到純真的梅普露之後很快就和她打成一片。能夠事先將魔法製成魔導書存放起來，有需要再拿出來用。

STATUS

STR 015 VIT 010 AGI 090

DEX 050 INT 120

EQUIPMENT

諸神的睿智 skill 神界書庫

方塊報童帽・VIII

智慧外套・VI 智慧束褲・VIII

智慧之靴・VI

黑桃耳環

魔導士手套 感情的橋梁

SKILL

「魔法熟練VIII」「快速施法」

「高階MP強化」「高階MP減免」「高階MP恢復速度強化」「中階魔法威力強化」「深綠的護祐」

「火魔法VII」「水魔法V」「風魔法VII」「土魔法V」「闇魔法III」「光魔法VII」

「魔導書庫」「死靈淤泥」

「魔法融合」

TAME MONSTER

Name 湊 能複製玩家能力的史萊姆

「擬態」「分裂」 etc.

ll points are divided to VIT. Because a painful one isn't like

Welcome to "NewWorld Online"

5615 1896 1080 8803

NewWorld Online STATUS

GUILD 大楓樹

NAME 麻衣 Mai

LV 52

HP 35/35 MP 20/20

PROFILE

孿生侵略者

梅普露所發掘的全點攻擊力新手玩家，結衣的雙胞胎姊姊。總是努力想彌補缺點，好幫上大家的忙。擁有遊戲內最頂級的攻擊力，近距離的敵人會被她們的雙持巨鎚砸個粉碎。

STATUS

STR 505 VIT 000 AGI 000

DEX 000 INT 000

EQUIPMENT

破壞黑鎚・X

黑色娃娃洋裝・X

黑色娃娃褲襪・X

黑色娃娃鞋・X

小蝴蝶結 絲質手套

感情的橋梁

SKILL

「雙重搥打」「雙重衝擊」「雙重打擊」

「高階攻擊強化」「巨鎚熟練X」

「投擲」「遠擊」

「侵略者」「破壞王」「以小搏大」「決戰態勢」「巨人雄威」

TAME MONSTER

Name 月見 有一身亮眼黑毛的熊型怪物

「力量平分」「星耀」 etc.

points are divided to VIT. Because a painful one isn't liked

Welcome to "NewWorld Online"

NewWorld Online STATUS

GUILD 大楓樹

NAME 結衣 Yui

LV 52

HP 35/35 MP 20/20

PROFILE

孿生破壞王

梅普露所發掘的全點攻擊力新手玩家，麻衣的雙胞胎妹妹。個性比麻衣更積極，更容易振作。擁有遊戲內最頂級的攻擊力，遠距離的敵人會被伊茲為她們製作的鐵球砸個粉碎。

STATUS

STR 505 VIT 000 AGI 000

DEX 000 INT 000

EQUIPMENT

破壞白鎚・X

白色娃娃洋裝・X

白色娃娃褲襪・X

白色娃娃鞋・X

小蝴蝶結 絲質手套

感情的橋梁

SKILL

「雙重捶打」「雙重衝擊」「雙重打擊」

「高階攻擊強化」「巨鎚熟練X」

「投擲」「遠擊」

「侵略者」「破壞王」「以小搏大」「決戰態勢」「巨人雄威」

TAME MONSTER

Name 雪見 有一身亮眼白毛的熊型怪物

「力量平分」「星耀」 etc.

ll points are divided to VIT. Because a painful one isn't like

Welcome to "NewWorld Online"

序章

規模巨大，需要公會總動員的第八次活動結束了。到第八階上線之間這段不短的日子，是NewWorld Online玩家自由活動的長草期。在人們忙著練等級、攻略陌生地城，各取所好的當下，梅普露和莎莉兩人在各階層到處觀光。

例如重新遊覽第一階和第二階地區以及過去的城鎮，或探訪至今未曾到過的地方。由於每個階層地圖都很大，即使攻略步調已經很快，沒去過的地方依然多得是。

兩人前往浮空城探險、潛入洞穴、攀登雪山，遍覽各種絕景之後，在路上遇到兩組包含公會會長的搭檔。

一組是【thunder storm】。由驅使強大雷電攻擊的薇爾貝，和專門運用冰與重力阻礙敵人的雛田兩人組成。她們同時也是大型公會的正副會長，和梅普露她們一起攻略地城後變得親近，也成了新的競爭對手。

另一組是【Rapid Fire】。由莉莉與威爾巴特組成，能藉由變更裝備互換攻擊與輔助角色。兩人都以射擊見長，莉莉是召喚士兵同時掃射，威爾巴特是用弓射出威力超高且必中的一擊必殺箭，以活用各自擅長領域為特色。

梅普露她們在歷屆活動都留下優異成績，讓後來業已壯大的莉莉等人將她們視為明確的競爭對手。

在各種場面大顯神威，備受矚目的梅普露，技能有不少已是廣為人知，知道如何應付，普遍認為她的ＰＶＰ之路會愈走愈難。

這次發表競爭宣言的兩組公會巨頭搭檔，甚至還擁有能攻擊莎莉弱點的技能，讓梅普露她們的處境更是雪上加霜。

然而在這樣的狀況下，梅普露本人並不怎麼在意這種事，依然和平常一樣尋獲技能，在旁人不知不覺中變強。第九次活動的日子，就這麼在如此日漸變化的環境中逼近了。

第一章　防禦特化與第九次活動

第九次活動開始當天，梅普露和莎莉跟公會成員一道在公會基地查看活動內容。

「這一次完全沒有ＰＶＰ要素，因此所有玩家要互相合作，盡可能打倒活動限定的怪物喔。」

「這樣啊～要互相合作的話，我們也要為其他人多努力一點呢！」

「呵呵，照自己的步調來努力就行了啦。在這種活動裡，一定會有很多人卯起來打怪……」

在幾個月前同樣也是討伐怪物型的第三次活動中，就有許多公會擊殺數比其他公會高出一大截。既然這次形式類似，結果不難預期。

「這部分先擺一邊。擊殺數每到一定數字就有獎品，衝過最後一關可以拿到會在第八階地區有幫助的道具。其他還有銀幣或錢等等……」

「喔喔～！那更要加油了呢！」

「是啊。這次活動期間很長，而且好像每一層都有活動怪能打，挑喜歡的地方來打就行了。」

「畢竟有目標數字嘛。我也來計算看看每天能打幾隻好了。」

「對呀，說不定一下子就衝到嘍。」

「終點要求應該不會設得太難才對。那我把重點放在怪物掉的材料來打吧。」

克羅姆、伊茲和霞三人是打算以適度擊殺怪物取得材料為主，同時觀察其他玩家來進行這場活動。

「結衣，我們怎麼辦？」

「嗯……不管到哪裡，打死一隻也不會變兩隻，就挑簡單的地方來打吧？」

「說得也是。反正也沒打算順便升級……」

結衣與麻衣的ＨＰ都低得撐不住怪物一次攻擊，既然這次不必與他人競爭，便決定以輕鬆方式參與活動。

「我也覺得慢慢打就好。啊，有空我也去看看其他玩家好了。梅普露跟莎莉好像都有在注意ＰＶＰ的事嘛。」

「……！謝啦，還滿需要的。」

「不謝不謝～最好不要太期待喔。」

奏笑呵呵地對莎莉這麼說。第九次活動不必與玩家競爭，自然不需要那麼緊繃，大夥很快就決定自己的活動目標。

「發現什麼好玩的我就馬上回報。這次活動範圍包含全階，能夠打的怪物應該有很多種。」

「是啊。如果發現會掉好材料的怪物，可以先幫我打一打嗎？謝謝喔。」

既然不曉得活動怪在結束後還會不會出現，當然要在能收集的時候多收集一點。

「那有什麼新發現就馬上回報喔！」

梅普露簡單提醒大夥要分享資訊後，眾人便以查看各階層怪物種類是否有異為第一步出發了。

活動規則很簡單，梅普露和莎莉很快就看完內容前往野外。她們都是能在怪物最凶猛的第七階走跳的玩家，所以將其他階層交給其他人，從第七階殺起。

莎莉照常騎馬載梅普露在野外奔馳，很快就注意到過去沒見過的怪物。

「很像我召喚的那種魚耶。」

「打那個就行了嗎？」

「嗯，那就是這次限定的活動怪。」

一如往常的野外多出了一群在空中游動的魚。當然，陸地上不會有這種怪物，一眼就能看出那是活動怪。看來在第七階，可以打這種怪物賺擊殺數。

「活動怪裡面也有分種類的樣子，強怪說不定會掉稀有材料喔。」

「那就要多殺一點了！」

「不過話說回來，重點還是整體的擊殺數，我們就先到人少的地方去吧。」

「因為這樣比較有效率嗎！」

「對對對，整個地圖都會出活動怪嘛。」

畢竟活動對象是整體玩家，要求擊殺數相當地高。儘管活動時間長，像梅普露和莎莉這種上線時間有限的玩家也只能腳踏實地一隻一隻賺。活動時玩家密度增加，城鎮附近容易出現僧多粥少的現象，於是兩人前往遠離擁擠區的地圖邊緣。

策馬一段時間後，兩人來到四處是光禿禿岩石的荒地。視野不會過度開闊，平時沒有特殊的怪物或機制，是個很適合賺擊殺數的地點。莎莉下馬後也幫梅普露下馬，找個地方讓馬待著。

「好！趕快去找！」

「先在附近繞一繞，沒有的話就換其他地方喔。」

「知道了。」

兩人在周圍找了一會兒，很輕易就發現目標怪物。那是一群漫著藍光，在空中游動的熱帶魚，和莎莉以【古代之海】技能召喚的魚群很類似。

「來，試試看有多強！」

「嗯！全力開殺喔～！」

莎莉造出分身奔向前去，梅普露在背後布展武器。兩人並沒看扁牠們，像打魔王那樣全力進攻。但雖然是活動限定怪物，這些尺寸平凡的熱帶魚似乎也只有用少量水彈反擊的力量。

這樣的怪物在兩人面前會有什麼下場，簡直是明若觀火。

莎莉輕易閃避魚群擊出的所有水彈，梅普露以光束砲強行打消，一眨眼就將魚群化為焦炭。

「……難怪要殺那麼多隻，比想像中弱很多呢。」

「就是啊，兩三下就殺光了！」

兩人的能力在最前線玩家中也屬頂尖，以普通玩家也能大量擊殺為前提製作的怪物不是她們的對手。

「這樣就能殺個不停了。」

「對呀～搞不好出怪速度還追不上殺怪速度呢。我們公會的人都到其他地方去打了，打一陣子以後去看他們打得怎麼樣吧？」

「嗯！在那之前不可以輸給他們喔！」

旗開得勝的兩人就此繼續擊殺活動怪。知道梅普露的射擊和莎莉的斬擊能輕易打倒後，她們見一群殺一群，擊殺數不停上升。不久，兩人視線裡出現了與至今截然不同的

東西。

「莎莉，那也是活動怪吧？」

「應該是。不是說有好幾種嗎？」

兩人躲在岩石後觀察的，是同樣在空中浮游，比她們都還要大的鯊魚。已打倒無數魚群的她們還是第一次見到這種鯊魚。

「這次的活動怪的主題是魚嗎？」

「可能喔。說不定會掉東西，沒理由不打。」

「好～那就先打先贏！」

梅普露從岩石後架定砲管仔細瞄準，發射光束。光束筆直射向鯊魚，漂亮命中身體，但牠與過去的熱帶魚不是同一個層級，只有損血而不至於死去，張開血盆大口就往她們衝來。

「再一發！哇哇哇！」

梅普露想繼續攻擊時，地面冷不防噴出水柱，沖倒了她。只見莎莉早已發現危險不只鯊魚本身而打算拉開距離，梅普露自己也在起身之前迅速採取防禦。

「【掩護】！」

這招不枉是用了許多遍，身體已經記住了使用時機。

第一時間確保莎莉的安危後，梅普露立刻被間歇泉般大量噴發的水柱頂上空中。看著梅普露飛走的莎莉隨即衝向鯊魚。

「這次換我！」

鯊魚也大嘴一張，要咬碎逼來的莎莉。不過她輕描淡寫地躲開，拉開距離的同時還在對方身上劃出深深刀痕。正打算再度出擊之際，空中傳來呼喊：

「莎莉！定住鯊魚的動作！」

「朧，【束縛結界】！」

莎莉立刻對梅普露的呼喊做出反應，定住鯊魚的動作。既然梅普露特意要求，一定有她的理由。

緊接著，空中傳來猛烈爆炸聲，一道黑影往鯊魚頭部掉下來。

那是以【機械神】在左手造出巨劍的梅普露。

最後無法動彈的鯊魚腦袋被梅普露一劍刺穿，無力地滾落一旁。而上下顛倒刺在地上的梅普露也失去平衡，折斷了劍摔在地上。

「沒、沒事……的樣子。嗯，也對啦。」

意料外的攻擊讓莎莉有些驚訝，但都經過了那麼多戰鬥，當然知道她不會因為這點墜落就受傷。

「我覺得每次都單純掉下來不好玩就加料了！還滿順利的嘛！」

「可以每次都單純掉下來就很不單純了啦。」

堪稱是能藉自爆飛上天的梅普露才會說的話。遊戲有摔傷機制，從高處墜落原本是種高風險行為。正常人是思考怎麼避免摔傷，或怎麼不從高處墜落，才不會去想要用什麼方法墜落比較好。

「啊，對了。有材料嗎……」

梅普露起身環顧四周，在地上發現如史萊姆般維持塊狀的水團。

「是這個嗎？」

「喔～是怎樣的材料啊？」

梅普露撿起水團查看內容，說明文只表示那是含有魔力的水。兩個外行人不曉得那是怎樣的材料，可以用來做什麼。

「嗯……要問伊茲姊才知道吧？如果很重要，那就要趁早多收集一點了。」

鯊魚感覺很稀有，不像熱帶魚出個沒完。若是重要道具，勢必得改為優先打鯊魚。

「那就趕快去問吧！來，打鐵趁熱！」

「ＯＫ～反正這附近的活動怪都幾乎清光了，就去問問看吧。伊茲姊好像是和克羅姆大哥幾個組隊出去找怪了，不過她有不管在哪都能開工坊的技能可以看。」

莎莉說完就傳訊息給伊茲，騎馬載梅普露上路。

「啊，既然熱帶魚很弱，我們就邊走邊殺吧！我來幫妳看有沒有掉東西。」

「嗯！交給我來打！」

兩人就這麼一邊賺擊殺數，一邊奔向伊茲幾個的位置。

這時，同在第七階的克羅姆、霞和伊茲三人，是坐在巨大化的小白頭上到處狩獵活動怪。

「哎呀，梅普露她們要過來的樣子喔。好像已經從稀有怪打到沒看過的材料了呢。」

「喔喔～好棒喔。我們都只是在輾壓熱帶魚而已。」

他們仗恃小白的巨大身軀，在這區域到處兜圈子輾壓熱帶魚到現在，別說沒打到特殊道具，連其他類型的活動怪都沒見過。然而也因為只有熱帶魚，不曉得會有什麼樣的怪物，三人是以安全為優先來狩獵。儘管伊茲現在有足以站上前線的戰鬥力，也需要做足準備才能發揮。

「活動怪弱歸弱，原本的怪物照樣會出。一個人打還是會怕怕的呢。」

「妳現在應該打得贏吧，不是都能做出大砲之類的嗎？只要能及時拿出來，一個人也很能打吧？」

「真是的，道具又不是免費。跟用過以後等一下又能免費用的技能才不一樣呢。」

即使伊茲這麼說，也無法掩蓋具有單打能力的事實。這點從上次活動挑戰最高難度成功便能知曉。

「雖然這樣賺很快，可是感覺有點空虛耶。」

「是啊……靠小白輾過去就行了。不過找材料這種事，還是愈輕鬆愈好吧。如果想找強怪或是玩家，機會多得是嘛。」

「嗯……說得也是。」

能輕鬆解決的事就別自找麻煩。於是霞繼續命令小白對熱帶魚又輾又咬，確實積攢擊殺數。

讓小白在野外一角爬了一會兒後，梅普露她們果真出現了。

「喂～！」

「她們來啦。小白，停下來。」

霞停下小白，讓牠的頭貼近地面。

「妳們順利嗎？」

「嗯！騎馬過來的路上也順便打掉很多喔！」

「你們也很順利的樣子嘛。」

「是啊。皮薄成這樣，用膝蓋打都贏。」

「所以，梅普露？」

「好好好～！伊茲姊，就是這個。」

梅普露交出水團，伊茲立刻查看獲得新素材讓她的製品清單新增了什麼道具。

「呃……可以做延長水下活動時間的道具。看起來是比之前能做的還要強，水中探索會更有效率吧？」

「這樣啊～遊戲裡有很多海洋湖泊，好像會有用喔！」

梅普露嗯嗯點頭。莎莉也猜想那能製作跟水有關的道具，可說是不出所料。

「之前也說了，下次再打到不曉得是什麼時候。再來就以找熱帶魚以外的怪物為主好了。」

「太好了，先謝謝妳們嘍。既然總體擊殺數上升得很順利，這樣也好。」

如同眾人所預測，或許是有些玩家賺擊殺數的速度比霞他們更快，總體擊殺數很順利地往達標推進。將擊殺數擺第二，尋找稀有材料擺第一也沒問題的樣子。

「知道了。話說騎小白不用刻意去打，怪也會自己跑過來被輾，就算只是順便也能賺很多吧。」

「也告訴另外三人……好。那我們先到處去找鯊魚了。」

「好，這一帶就交給我們吧。目前都還沒遇到會費力的怪。」

梅普露和莎莉表示有事隨時聯絡後又騎馬奔去，霞也繼續命令小白尋找她們所說的鯊魚。

「照這樣看來，我可以把新拿到的技能保留起來了。」

「是啊，我也沒出場機會了。」

克羅姆和霞用銀幣換取的都是有益於戰鬥的技能，戰況不夠危險是不會用的。

「我選的是製作道具時有一定機率增加產量的技能，對戰鬥就沒什麼幫助了。」

「喔喔。不過這麼一來，之前講的ＣＰ值問題就有改善了吧。」

「是啊。話說回來，你們選的是什麼技能？」

「這個嘛……如果有合適的怪物讓我們秀一下就好了。」

「嗯？……呵呵，看來梅普露把好運分給我們了呢。」

霞視線所指之處，有一隻在空中優雅飛舞的魟魚。三人立刻認定那是剛才她們所說的稀有怪，絕不能讓牠溜走。

「霞，殺過去！」

「好！」

霞命令小白加快速度，直線接近魟魚。

魟魚察覺敵人接近，從口部張開藍色魔法陣，射出頂飛梅普露那時的大量水柱。

「有得用了！看我的【守護者】！」

克羅姆放招舉盾，獨力挺過要吞噬他們三人的水流。

「這招發動以後可以在短時間內減少傷害，掩護周圍同伴，還送免疫異常狀態！也就是一般人用的【獻身慈愛】啦！」

由於和【獻身慈愛】不同，會減少自己受的傷，即使克羅姆的防禦力沒那麼高也很實用。而且能無視擊退或毒等異常狀態，能夠坦得更穩。

「那我也來秀一下。【武者之臂】【第三式・孤月】！」

霞以技能跳到魟魚上方，隨同飄在兩旁的手臂凌空揮斬。捱刀的魟魚顯得十分痛苦，但不愧是稀有怪，HP仍未歸零。

而霞也在落地途中重整架勢，再次舉刀。

「【第一式・陽炎】！」

即使是墜落途中，技能效果也能讓她做到不可能的動作，瞬時移動到魟魚面前，揮刀再添傷害，然後在第二次墜落時發動新技能。

「【戰場修羅】！」

霞全身冒出表示技能發動的紅光。

克羅姆以【嘲諷】承受魟魚的攻擊，看她如何出招。

「【第三式・孤月】！」

霞又發動才剛用過的技能，再度藉由不受物理法則拘束的加速上升，錯身斬過魟魚

躍上空中。接著又是同樣的墜落，但魟魚HP所剩無幾，霞十分肯定這會是最後一擊。

霞再度瞬間移動並揮刀，要在魟魚出招之前結束戰鬥，無力抵抗的魟魚就這麼化為光消失了。霞單手接下光裡頭留下的水團，叫來小白靈巧空翻，落在牠頭上。

「【第一式・陽炎】！」

「……妳是不是轉職成特技員了？」

「呵呵，這種動作真的是只有遊戲裡做得到。剛才那就是妳的新技能？」

「對呀，我還花了一點時間才習慣那樣動作呢……新技能的能力是短時間內大幅縮短技能的冷卻時間，缺點是如果在時間內什麼也沒打倒，所有技能都會進入冷卻時間。」

「喔喔……又是這種需要很熟練的……但相對地，爆發力還真強。如果沒有這個技能，做不出剛才那樣的空中移動吧。」

「就是這樣。要是再善加搭配其他移動型技能，還能更大膽地飛來飛去呢。」

「想、想嚇死誰啊……」

「看大家都愈來愈強，我就放心了。這樣幫起來也很有成就感呢。」

「嗯～我會不會太穩紮穩打啦？」

「呵呵，我覺得你這樣很好喔。」

「我也這麼覺得。」

聽了她們這麼說，克羅姆還是一副想接受又不太能接受的臉。

◆□◆□◆□◆□◆

騎馬離開克羅姆幾個後，梅普露一手抓著莎莉以防落馬，另一手用【機械神】局部造出格林機槍，沿路射擊零星散布的魚群。

「這就是騎射嗎……」

「百發百中！也沒有啦……不過射個一百發，好歹有幾發會射中喔！」

「妳的準頭也該練起來了吧？話說叫坦練射擊好像怪怪的。」

「哼哼，要以威爾巴特那樣的百發百中為目標了！」

「啊哈哈，要那樣是不太可能啦。至於沒射中的部分嘛……【颶刃術】！」

莎莉射出的風刃直擊勉強活過梅普露掃射的魚群，將牠們完全消滅。

「嗯，命中。」

「好厲害喔～！」

想在手握韁繩又快速移動的狀況下攻擊怪物是很不容易的事。莎莉卻是在注意前方以免撞上東西之餘，一下回頭查看梅普露沒殺死的魚群，一下轉身確實擊殺，順便查看是否掉落材料。

「不夠的部分我會補，可是妳還是要往百發百中努力喔？」

「ＯＫ～！」

如此馳騁一段時間，她們遇上了好幾隻鯊魚、魟魚，甚至章魚或烏賊等大型怪物。共通點是全都會以大量的水為武器，但沒有其他特殊攻擊，威脅不大。其實莎莉摸清怪物行為模式後還覺得根本不必下馬，要梅普露當固定砲台不停開火，自己用馬的最高速躲避攻擊保持距離，一隻又一隻地撂倒。

「嗯～省去下馬的時間真舒服。」

「好厲害喔，騎著馬都能閃耶。」

「怪物攻擊很單純嘛，能預測就沒問題了。」

兩人如此反覆打倒怪物拾取道具。儘管大型怪物擊殺數也是一，但肯定會掉伊茲想要的材料，要趕在其他玩家得手前先行打倒。

「現在才第一天，再過幾天就會知道哪裡比較容易出了吧。」

「這樣材料會比較好蒐集？」

「嗯……其實人集中起來就要開始搶了，不一定比較容易耶。」

「啊～這樣啊。那就要找一個私房刷怪點嘍！」

「找得到最好，所以我才這樣跑來跑去。」

選擇第七階，不僅是因為有正好適合她們的交通手段，而且第七階比其他階層大，

比較不會發生莎莉所說的搶怪現象。

但馬是人人都能買的東西，當然會有其他與莎莉採取同樣行動的玩家。

「啊。」

「喔～是莎莉耶～打得怎麼樣～？」

有兩人各騎一馬從正前方接近。他們是【聖劍集結】的芙蕾德麗卡和多拉古。

「嗯，馬馬虎虎啦，慢慢找好打的地方這樣。你們咧？」

「差不多吧～雖然有打到魚群以外的怪，可是啊～」

芙蕾德麗卡往多拉古看一眼，多拉古跟著說出感想。

「上次活動的怪物打起來很過癮，可是這次很沒意思。」

「真的好弱喔～」

梅普露和莎莉也有同感。上次活動的怪物強度肯定是高於平均沒錯，但即使扣除這點，這次怪物的HP和攻擊模式的量都實在不怎麼樣。

「是啊，我們也有這種感覺。」

「嗯嗯。所以呀～我們就一直這樣到處找看看有沒有隱藏要素。」

【聖劍集結】人數眾多，假如全公會出外探索也沒發現，那麼很可能是有隱藏要素。

「嗯，可是我們沒有情報可以跟你們交換喔。沒騙妳。」

「嘖，失算了呢，芙蕾德麗卡。」

「還以為妳們兩個很快就會有發現呢～」

「那發現以後就通知你們喔！可以嗎，莎莉？」

「好哇。啊，到時候當然要拿你們的情報來交換喔。」

「我會準備上好情報等妳們的～不要讓我白等喔～？那就掰啦～」

「有事再找吧。想ＰＶＰ也可以喔。」

「我不會輸的！」

「很好，我們也是。」

芙蕾德麗卡對她們揮揮小手，騎到已經動身的多拉古身邊，一下就不見蹤影。

「情報啊……可是現在也沒什麼線索耶。」

「是啊。那我們要不要暫時換個目標看看？」

「……？是說去其他階層嗎？」

莎莉聽了搖搖頭。既然在野外跑了這麼久都沒有進一步發現，那麼到類型不同的區域探索，說不定會有斬獲。

「地城啦。要不要找幾個地城逛逛看？」

「啊對，說不定會有變化喔！」

「沒錯沒錯。可是光走一次不一定看得出來，需要多走幾次。」

「那就要找可以一下子衝去打魔王的地方嘍。」

「沒發現再回來找鯊魚這樣。活動才剛開始，要先從掌握資訊做起喔。」

「嗯！」

梅普露和莎莉也攻克了第七階的幾個地城。兩人挑選能簡單抵達魔王處的，快馬加鞭前往。

第七階裡最適合兩人攻略的簡單地城，就屬她們曾與薇爾貝和雛田一起擊破的競技場風格，得與石像怪連續戰鬥的地城了。

不僅難度會隨人數變動，戰鬥時也沒有外來干擾，路途又是不管打幾次都沒問題，非常適合作這個實驗。

「先打一遍看看吧。」

「嗯！」

梅普露和莎莉踏入地城，擊破石像向內挺進，果真發現異處。之前石像與石像之間的通道沒有怪物，這次多了零星散布的活動怪熱帶魚。

「原來如此，真的是到處都會出耶。」

「上次什麼都沒有嘛！」

「對呀，剛好這裡一眼就看得出來。不過呢……」

莎莉說著信步向前，搖然穿過逼來的魚群並揮刀斬切。

「嗯，強度跟外面沒差的樣子。」

「喔喔～！莎莉真的強！」

「要是這邊也沒有新狀況的話，就要看石像或魔王房這些特殊地點了吧？」

梅普露和莎莉繼續仔細查看有無其他異狀，一路消滅遭遇的活動怪，抵達魔王房。

進去後見到的與上次四人挑戰時不同，只有一個雙手各拿一把斧頭的石像。

「應該比上次弱……是吧？」

「薇爾貝是這麼說了，不過要注意有沒有相剋喔！」

來調查卻大意打輸就糗大了。兩人各自準備武器，擺定戰鬥架勢。

「它攻擊動作應該很大，我去砍兩下看看。」

「加油喔！」

莎莉邁步的同時，梅普露也啟動武器開始射擊。石像對快速逼近的莎莉劈下右手大斧。

「小意思！【超加速】！」

莎莉瞬時減速且向橫跳開閃避斧劈，在煙塵中熟稔地輕輕一躍落在斧柄上，以驚人速度奔上石臂並一路斬上去。擅長利用大型怪物的攻擊予以反擊的莎莉一口氣快速削血時，石像竟把左手大斧往持續射擊的梅普露扔了過去。

「哇！」

專心射擊的梅普露完全迴避不來，被斧頭砸個正著。砸飛她的斧頭砰地一聲彈上空中，受損的武器爆炸毀壞，梅普露摔得滿地打滾。

「……嚇死我了～」

確定安然無恙後，她撥撥身上塵埃，重新啟動武器要繼續射擊。

「梅普露！」

「……！」

梅普露察覺莎莉呼喊的意圖，中止射擊改為自爆飛行。石像想用空出來的左手拍下她，然而莎莉已先一步在兩人間距稍微縮短時發動了技能。

「【替身術】！」

位在石像頭部的莎莉和人在空中的梅普露瞬時調換。當莎莉調整姿勢落地時，梅普露已讓一隻手化為觸手，抓住石像的頭。

「好！」

看著眼前石像頭部被繚繞黑霧蠢動的觸手包纏，爆出大量紅色傷害特效，莎莉確信作戰已經成功。

莎莉讓梅普露利用她縮短的距離。只要調換位置，梅普露就能一口氣打出她火力最高的【暴食】。也就是莎莉一旦接近，她就能用無法阻礙的點對點移動讓梅普露貼上來。

梅普露的觸手捏碎石像頭部般將其吞噬後，石像全身隨最後的傷害特效迸散，化為光點消失不見。

莎莉接住失去支撐而墜落的梅普露，輕輕放下。

「辛苦啦。」

「嗯！一次搞定耶！」

「……話說，還真的有點不太一樣。」

「……？」

梅普露不覺有異，疑惑地看著莎莉的臉，於是莎莉指了指附近地面。那裡有幾灘水窪，明顯不是她弄的。

「雖然沒掉材料，也沒有發生特殊事件……可是有水留下來，說不定跟這次活動有關。」

即使石像沒有做出任何與水有關的行動，從這次活動怪的傾向來看，這些水窪或許真如莎莉所猜測，是某種以不同於一般活動怪的形式，對活動產生影響的機制。

「好～那我們再打幾次試試看！搞不好會有特殊材料喔！」

「是啊。反正不怎麼強，再打幾次吧。」

兩人跳上新出現的魔法陣，迅速開始第二輪攻略。

第二章　防禦特化與巨鎚手

當梅普露她們忙著攻略第七階地城時，結衣與麻衣兩人是在第五階地區獵殺活動怪。選擇第五階而非第七階，是因為這裡場地開闊明亮，又幾乎是動作緩慢的雲系怪物，與活動怪戰鬥時不必費太多心思在注意視線死角上。而且等級合適，可以獲得不錯的經驗值，對她們是一舉數得。

梅普露和莎莉都能輕易擊倒的活動怪，對上攻擊特化的結衣與麻衣都只有一擊炸裂的份。

事實上，即使在最前線的第七階，正面承受她們攻擊還能倖存的也只有魔王怪了。

因雪見和月見而移動速度獲得改善的兩人，在野外到處跑的途中也遇上了梅普露她們打過的飛天鯊魚。

「有了！稀有怪來了！」

「嗯……！打死牠！」

她們對雪見和月見下令，一左一右接近以防一次全倒。

「【遠擊】！」

結衣揮出巨鎚，衝擊波直線射向鯊魚。然而鯊魚輕盈地往空中一晃就躲過攻擊，對最靠近的麻衣噴射猛烈水柱。

「【巨人雄威】！」

麻衣對此沒有閃避，而是高高舉起兩把巨鎚用力揮出，正面打擊鯊魚射出的水。白色特效應聲爆散，大量的水往鯊魚彈了回去。

「漂亮喔，姊姊！月見！」

結衣騎熊奔去，從見到水流彈回而退卻的鯊魚正下方揮掃巨鎚，一擊就讓整條鯊魚如字面般爆散而消滅。

「好耶！姊姊妳反應得好快喔！」

「是、是嗎？……太好了。」

結衣與麻衣用銀幣換取的技能，能在【ＳＴＲ】大於目標攻擊將對自己造成的傷害時，將傷害無效化並反彈該攻擊。儘管她們毫無防禦力，會受到很高的傷害，但依然高不過她們的【ＳＴＲ】。雖然不是能百分之百反擊成功，這仍是運用自身能力，能在最後關頭賭一把的防禦絕招。只要能反彈對方的絕招，就能瞬時逆轉戰局。

基本上是先利用雪見和月見的移動速度嘗試迴避，要打中了才反擊。

她們已經確定第五階的活動怪打不出高於她們【ＳＴＲ】的數字，只要來得及反應，無論什麼攻擊都彈得回去。

兩人撿完掉落的材料後，倚著附近的高雲牆稍事休息。

「選的時候還有點怕怕的……但看來是真的打得回去，真是太好了。」

「嗯！我們的攻擊力好像沒問題呢！」

其他玩家用起這招，還說不定會造成破綻，在她們手上卻能用來反彈魔王的大招。

「有空也要想想下次要用銀幣換什麼了！」

由於【大楓樹】屢創佳績，兩人都能定期獲得可以交換技能或道具的銀幣。依此來看，是可以開始考慮下次用銀幣換什麼技能了。

「就是啊……還有很多厲害的技能可以選。」

「嗯嗯！所以呀，我稍微想了一下。」

「嗯，怎樣？」

結衣娓娓道來。兩人至今選的都是一樣的技能。不僅是因為雙胞胎，能力值相同也讓她們需要或適合的技能完全相同。一路選擇相同技能，即是她們自我強化的最佳方案。

「我最常和姊姊兩個一起打，選我們可以搭配的技能說不定更好喔！」

兩人的戰鬥能力現在是相當地高。在上次活動預賽順利留下好成績，給了她們不少

自信。

「嗯，可能喔。說不定能出其不意……」

在第四次活動中，能重傷絕德就是兩人協力的成果。如果她們能自然而然使出默契絕佳的搭配，再進一步加強一定會更具威脅。

「那麼……我想負責支援，讓妳打得更好。」

「那我就負責攻擊！」

畢竟兩人的攻擊都是打中一下就很足夠。決定方向後，就能開始找新技能了。

「我已經把莎莉那種感覺很有用的技能查起來了喔！」

「呵呵，還要一段時間才有銀幣可以換啦。」

「既然隨時都可以去野外找，嗯……暫時先以那邊優先好了。」

「這樣的話……呵呵，好像最後又會拿一樣的技能耶。」

結衣表示，既然會一起拿到，那就是搭配時由誰帶頭都可以，沒有問題。銀幣技能能當作祕密武器，殺個對方措手不及。

「那我們再去找怪物吧！」

「嗯，我們走。」

「哇啊啊啊！」

「「？」」

兩人說完起身時，上方忽然傳來尖叫。猛地抬頭一看，只見人影從雲端墜落下來。兩人趕緊騎熊到正下方想接，而人影竟在幾乎撞擊地面的前一瞬頭下腳上地停在空中，並彷彿重力不存在般調整姿勢。隨後，另一個人影慢慢地飄下來。

「呼……好、好險的啦。」

「麻煩妳看清楚前面有沒有路再走……」

從天上掉下來又在空中對話的這兩人，是薇爾貝和雛田。因雛田操縱重力而免於摔死的薇爾貝看了看想接住她的結衣與麻衣，在臉上堆滿笑容大力揮手，再請雛田放她下地面。

咚一聲著地後，薇爾貝有點害羞地說：

「哎呀～不好意思，嚇妳們一跳。」

「不會啦，沒關係！我們沒事。那個，妳該不會是……薇爾貝吧？」

「嗯？是沒錯……啊，妳們是【大楓樹】的。是聽梅普露說的嗎？」

「是的。」

結衣與麻衣感謝上天讓她們偶遇之餘，也對當初聽說【thunder storm】的事時很好奇的地方提出尋問。

聽梅普露的說法，薇爾貝和雛田是擅長搭配攻擊的搭檔。正好結衣與麻衣也在想搭配的事，說不定能提供幾個好點子。雖然梅普露和莎莉也擅長搭配，但她們倆都是以其

他人難以複製的強大能力為前提，不太能參考。

結衣與麻衣順勢請教後，薇爾貝嗯嗯點頭。

「原來如此，在想怎麼搭配啊。」

「基本上……配合強力技能來想會比較簡單。」

「就是啊！我們這邊是讓能停止敵人動作的雛田配合我的啦！」

「果然……還是要分工合作嗎？」

「那個，我是覺得這樣比較不會混淆啦。」

發現思路沒錯之後，兩人又開始想接下來該拿什麼樣的技能。

「可是妳們跟我們不一樣，一定會有屬於自己的戰法啦！」

薇爾貝和雛田不僅武器不同，連戰鬥方式也完全相反，而結衣與麻衣在各方面完全一致，該加強的方向自然會有所不同。

「唔唔，好難決定喔……」

「就是啊，姊姊。」

「沒錯的啦！那就看我們打一次看看吧，說不定會有靈感喔！」

薇爾貝跟著加上結衣與麻衣也得打給她們看的條件，兩人也爽快接受。

「那我再教妳們一個可以一次賺很多擊殺數的方法好了，謝謝妳們想救我這樣。」

「啊，其實不用啦……」

「我們材料已經蒐集得差不多了啦。這方法其實有點特殊，而且這個活動本來就是要全部玩家一起合作，教別人怎麼多賺一點是有幫助的啦。」

「妳說的……是有道理。」

聽見薇爾貝和雛田已經打夠材料，讓她們很吃驚。接受提議後，四人便前往就在附近，且能快速賺取擊殺數的地方。

雪見和月見在雲地上蹦蹦跳跳地前進。她們載著薇爾貝和雛田走，不必在乎本該有的速度差異。

「嗯～真的好棒喔～」

薇爾貝感受著風的吹拂，撫摸毛茸茸的月見。

「薇爾貝，妳是挑怎樣的魔寵呀？」

「我的嗎？呵呵，祕密的啦！」

「公會的人都叫我們不能說……對不起喔。」

結衣與麻衣也聽莎莉說過，從來沒有外人見過這兩人的魔寵。不過她們也只是出於好奇，就沒有追問了。

「聽說誰也沒看過嘛？」

「沒人看過的啦！」

薇爾貝說得十分肯定。看【大楓樹】的成員，就能深深明白遊戲裡也是有強力魔寵的存在。而且魔寵幾乎都擁有複數技能，讓人知道得愈少優勢愈大，想保留祕密到大規模ＰＶＰ也不足為奇。

「哎呀，快到了。我是第一次騎熊，好好玩喔！」

出現在四人面前的，是一口開在雲地上的大洞。

這裡似乎就是薇爾貝的目的地。結衣與麻衣站在邊緣往裡頭查看，見到潔白的雲壁上設有一個個突出的腳踏台，需要藉腳踏台慢慢跳下去的樣子。

「下去以後有地城的啦。」

途中也有怪物，能見到黑色雷雲或活動怪的魚群飄浮在腳踏台周圍。

想進地城就得小心往下跳，讓結衣與麻衣緊張起來。在這樣的腳踏台戰鬥起來不太安全，怪物又很多。

「那我們走嘍！雛田，拜託妳啦！」

「沒問題。【重力操控】。」

雛田發動技能，四人瞬時被黑色特效包覆，接著慢慢地飄上空中。

「在技能的持續時間裡，我們都能保持飄浮……飄得很慢就是了。」

兩人跟著雛田和薇爾貝來到洞穴中央往下看時，一旁傳來聲響。

「這裡就看我的啦！【雷神再臨】【風暴之眼】【閃電雨】【落雷原野】！」

隨著薇爾貝一連串的技能宣告，她周圍的落雷密度也逐漸增加。膽敢踏入這領域的敵人，都會立刻化為焦炭吧。

「那我上嘍！」

薇爾貝說完就到落雷領域能覆蓋整個洞穴的中央就位。

接下來的行動，就只是緩緩下降而已。

「這樣效率很好喔！啊，不過妳們放心，當然不是只有這樣的啦！」

她也知道這種打法不是他人能輕易模仿，對結衣與麻衣咧嘴笑。

「我們……模仿得來嗎……？」

「我開始有點擔心了。」

藉技能往下飄的四人，就這麼看著殘酷的強力雷電一概平等地擊殺周圍怪物，以緩慢速度飄向底部。

如果照正規路線走，或許會有一番苦戰，但薇爾貝讓她們一場稱得上戰鬥的戰鬥也沒有，直接到底。

四人解除落雷後，先是撿拾途中死於雷殛的怪物所掉落的材料，再往側邊通往地城的通道走。

「光是這樣就能蒐集很多喔！平常我都是一口氣跳下來的啦！」

即使是快速下墜，雛田也能操控重力，在撞擊地面前拉住她。由於墜落過程很快，

能降低雷電傷害的怪物會倖存下來，但這次重點是血少的魚群，一點問題都沒有。

在這種地方，的確是只要活用薇爾貝和雛田的能力，就能快速打倒大量活動怪。

「我們找了很久可以快速打怪的地方喔！這個洞穴是最快的！」

平時會等待怪物重生再反覆往下跳，這次是往深處前進，目的是看結衣與麻衣怎麼打。而且裡頭也有打怪效率高的地點，所以那裡才是目的地，而非魔王房。

「啊，可是我們不太會保護人，自己要小心一點喔！」

「能像梅普露那樣的人……恐怕是沒有了吧。」

「「好！」」

薇爾貝和雛田都是攻擊力優於防禦力，不適合以【掩護】或【獻身慈愛】之類的技能承受攻擊保護他人。

走著走著，雲道分成好幾條岔路，也有些許怪物露臉。在通道這種狹窄地形，小嘍囉根本無法迴避薇爾貝淹滿通道的粗大電擊，或結衣與麻衣【遠擊】的衝擊波，瞬間化為焦炭，根本不需要特意配合。

前進一段路之後，有個大型怪物從轉角冒出頭來。

「啊！有旗魚！雛田！」

「沒問題……【重力牢】【思考凍結】。」

地面隨雛田的宣告射出黑色鎖鍊，捆住旗魚的身軀，同時颳掃地面的寒氣封鎖了牠的技能。薇爾貝再纏帶雷電一舉衝向無計可施的旗魚，蜷身鑽進牠下方。

「【重雙擊】【轟雷】！」

帶電的沉重二連擊搗向旗魚，電光迸散。隨後薇爾貝周圍地面忽然發亮，以她為中心爆出雷柱，貫穿並消滅了旗魚。

「呼……雛田，NICE的啦！」

「這次也很順利。」

結衣與麻衣回想著什麼也不能做就瞬時消滅的旗魚，和她們天衣無縫的搭配。

「哼哼，怎麼樣啊？」

「好厲害喔！很有默契耶！」

「聽人說出來感覺好害羞喔～怎麼搭配打這種事，最好是事先決定好喔。」

唯有做好事前準備，才能打出漂亮的連擊。薇爾貝和雛田的搭配幾乎對所有PVP和怪物都有效，用了很多很多次。

已經練到十分順手，決定下一步動作的所需時間短得驚人。

「旗魚會讓能造成傷害的技能失效，所以要先讓雛田定住才能打的啦。」

「也只有這樣的情況和我們要去的怪物海房間……需要我動手了。」

「互相搭配……」

「嗯……」

再度見識她們的戰鬥，讓姊妹倆又有碰壁的感覺。她們現在無法分配角色，恐怕做不到那樣的搭配。

「輔助的人很重要喔！其實只要有雛田在，攻擊的人是不是我也沒差！」

「好不好搭配還是有差啦。」雛田答道。聽她們這麼說，姊妹倆愈想愈覺得有必要學幾招輔助技能。

到頭來還是得這麼做嗎？結衣與麻衣在地城裡邊走邊想，反覆看著兩人炫麗的配合，很快就來到目的地。這裡有魔王房那麼大，但顯得平淡無奇。

「要到正中間才開始的啦。」

「「知道了！」」

當全員走到中央時，周圍地面突然變色，湧出大量怪物。

「踩到陷阱就會冒出這麼多怪物！……還包含活動怪喔！」

由於陷阱叫出的大量怪物也包含魚群，一次就是一大堆。只要應付得來，在這裡踩陷阱的效率肯定比在野外到處找好得多。

「【悲嘆之河】！」

在怪物全部湧現的同時，雛田讓牠們還來不及動作就凍結了。

「來，全力開扁的啦！」

「「好！」」

在這個雷殛與一擊必殺的巨鎚恣意肆虐的戰場上，根本沒有解凍這種事。

戰鬥結束後，四人離開地城，準備說再見了。

「如果能多少給妳們一點參考就好了。」

「想要像我們這樣打應該很難……能找到屬於自己的戰法最好。」

「好！」

「謝謝妳們。」

「等妳們變得更強以後，我們再來打一場的啦！」

對薇爾貝而言，這並不是日行一善。她們變得更強，未來ＰＶＰ時也會更有趣。

結衣與麻衣目送揮手離去的兩人，對看著說：

「……怎麼辦？」

「嗯……真的還是要妳或我去找輔助技能嗎？」

「要能發揮我們的強項……」

「只屬於我們的……」

「「…………！」」

兩人閉目苦惱了一會兒，忽然有了靈感般猛一睜眼，傳個訊息後奔向公會基地。

◆□◆□◆□◆□◆

接到訊息而在基地裡等待結衣與麻衣的，是梅普露。她在與莎莉反覆打石像時接到聯絡就當場喊停，直接來到第五階的基地。

「啊，來了來了！怎麼樣，妳們順利嗎？」

「順利！第五階視野很好，打得很安全。」

「我們前不久還和薇爾貝和雛田一起去打地城喔……」

「跟她們打啊？這種組合好難得喔。」

結衣與麻衣接著對訝異的莎莉說明大致經過，也詳細描述了高效率賺取擊殺數的方法。

「原來如此……我們也能那樣打吧。墜落的部分有梅普露就行，怪物海也一樣。這樣效率的確會比在野外找怪好，沒想到有這個盲點。」

「那我們一起去打怪吧。」

「啊，那個，要請妳幫忙的是另一件事！」

兩人在訊息裡只說有事要請她幫忙，讓她一直以為是要用【獻身慈愛】保護她們。

「事情是這樣的……」

麻衣接著說出要請她幫忙的內容，聽完之後梅普露大大點頭。

「嗯！沒問題，看我的！」

「……對不起，這我幫不上忙……梅普露，妳加油。」

莎莉抱歉地這麼說之後，決定暫時一個人去打活動怪。

「嗯，莎莉也要加油喔！」

「謝啦。那我等妳們三個的好消息。」

「「好！」」

說定了就馬上行動，三人離開公會基地。

目標是第六階。這裡的活動怪出現率似乎訂得不高，看不到魚群，自然也沒有玩家來這狩獵。相對地滿地都是幽靈，所以莎莉愛莫能助。

「這裡嗎？」

「嗯，應該沒錯！」

既然來到活動怪稀少的地方，那麼目的顯然和活動一點關係也沒有。

「在活動期間做一些活動以外的事也不錯！」

梅普露也是在類似的殺怪活動裡開始脫離人形，可見並不是活動時就非得打活動不可。

「再來就是照之前那樣做而已，我想想……」

梅普露捂起嘴，在腦中重播上次的情境。

「嗯！總之先照上次那樣打打看，打不出來就打到出來為止！」

「「謝謝！」」

「我一定要努力讓妳們變強！絕對要打到『拯救之手』！」

梅普露振臂高呼，兩人也同樣為自己打氣。

沒錯，此行目的就是讓結衣與麻衣也擁有梅普露過去取得的「拯救之手」。

她們倆見過薇爾貝她們的戰鬥後，思考如何活用自己的能力而做出了一個結論——想打中目標所需要的，並不是各自取得各種技能或多少提升她們低落的機動力，單純增加鎚子數量就行了。當一把變兩把時，命中率就提升了很多；如果兩把變四把，也可以期待同樣的結果吧。

「首先我想想，要不停打倒這附近的幽靈，等到藍色幽靈出來以後再跟著它跑就好了！」

「知道了！」

「要用除靈的方式打喔。」

「呃……？」

麻衣猜想那是特別打法而歪起了頭。這也難怪，結衣與麻衣總是土法煉鋼地一隻一隻打。即使傷害遭減輕，巨鎚一揮照樣搞定的事也是司空見慣，根本沒用過專門對付不死怪物的符紙。

梅普露講解一遍，將手上符紙交給她們。當時她買了一大堆，用處又有限，還剩下很多很多。

「上次我把整座山的幽靈全部除靈以後就遇到藍色幽靈了，那才是我們要找的怪物。」

「整座山的幽靈……？」

梅普露說她花了很長一段時間，結衣與麻衣擔心會是持久戰而繃緊神經。

「不過這次有三個人，安啦！」

「三個人就很快嗎？」

「嗯，等我一下喔！」

梅普露在開闊處叫出糖漿並使其巨大化，像平常那樣騎到背上發動技能。

「【天王寶座】！」

位在正下方的結衣與麻衣周圍地面因【天王寶座】和【獻身慈愛】而發亮，待在這範圍裡就是安全無虞吧。

「雖然有【天王寶座】在，幽靈就什麼也不能做，可是只有一個人的話，除靈起來很不方便。」

「所以三個人就會快很多吧！」

森林裡無法利用巨大化的糖漿移動，所以上次要反覆收放寶座，等到冷卻時間過才

能移動到下一個地點。但現在有結衣與麻衣分擔除靈工作，梅普露可以從頭到尾都待在空中張設安全領域，除靈效率將快上加快。

「我會飛到比樹高一點的位置，要換位置再跟我說！」

「「知道了！」」

「好～！趕快開始吧！」

角色分配的很完美，除靈人手又比上次多一倍，三人除靈團進度飛快。梅普露張設的「惡屬性封印」領域很大，結衣與麻衣騎上魔寵也有不錯的機動力，很快就把領域內的幽靈掃蕩完畢，前往下一個地點。

在山上繞了一段時間，再也找不到幽靈後，騎熊在地上跑的兩人面前出現了梅普露所說的藍色幽靈。

「姊姊，是不是那個？」

「嗯……問問看梅普露好了。」

空中的梅普露聽見兩人的呼喚，確定周圍沒幽靈後離開寶座跳下糖漿。

「嘿咻！呃，哪裡哪裡？」

「在那邊！」

「嗯！應該沒錯，再來跟它走就行了！」

梅普露知道接下來還有戰鬥，便讓糖漿留在空中，自己騎上月見跟隨幽靈。

最後同樣來到山頂的十字架前，做好準備等待事件發生。

「「哇！」」

「來了！」

站在十字架前的三人腳下有手伸出來，將她們拖進黑漆漆的空間。

巨大紅色幽靈出現在被強制拖進戰鬥區域的三人面前。樣子和梅普露攻略第六階時一樣，幽靈從黑暗空間半空中的裂縫探出上半身，垂著兩條長長的手。

「一個人打很辛苦……有妳們在就輕鬆了！【鼓舞】！糖漿，【紅色花園】！」

梅普露騎上身旁的糖漿就趕緊叫出寶座封印對方技能，再提升結衣與麻衣的攻擊傷害，萬全以待。

「「【決戰態勢】！」」

知道需要戰鬥的兩人，在進入空間前就使用過【禁藥種子】等大量道具，盡可能提升【ＳＴＲ】。現在先叫出技能做好最後的準備，並使用對付幽靈用的道具點燃巨鎚賦予火傷，高舉巨鎚等待緩慢逼來的魔王進入攻擊範圍。

「開扁嘍！」

「「【雙重衝擊】！」」

兩人一手一把燃燒的巨鎚往幽靈伸來的雙手砸下去，爆出海量傷害特效，還以為幽靈的紅色身軀要直接爆炸了。

從過去梅普露用符紙和鹽也能慢慢削減ＨＰ直至戰勝來看，這魔王的ＨＰ設得較低。這樣的魔王被威力全開的兩人痛毆會怎麼樣呢？

只見它開始發光，要覆蓋傷害特效般充斥全身，曾讓梅普露苦戰的魔王瞬間就消滅了。

「喔喔喔！麻衣跟結衣果然厲害！」

「好成功喔！」

「對呀……太好了！」

三人高興到一半，黑暗空間裡出現一個魔法陣。

「奇怪？」

「怎麼了嗎？」

「嗯……上次打贏以後，這裡是變成整個白色……然後就拿到墜鏈了……」

可是現在三人面前就只有返回野外的魔法陣。

這樣拿不到她們想要的裝備。於是梅普露唸唸有詞地回想究竟有哪裡不一樣。

「呃……上次我只有一個人，所以打了很久，最後用了很多技能……還拿符出來貼

……」

「就是那個吧？說不定打倒魔王的方法就是條件喔！」

來這裡時就需要耗費大量符紙除靈，那麼需要用它擊敗魔王也是有可能的。

「對喔！說得也是！」

「這樣的話，就要留下一些些ＨＰ來貼符紙了……對吧？」

「唔唔，如果能一次成功就好了。」

兩人這次是用全力中的全力將魔王轟得灰飛煙滅，接下來就得降低力道，以留下些許ＨＰ為目標了。然而這個只有她們才可能遇上的問題，其實不怎麼好解決。

若是給魔王改變攻擊模式的機會，會難以掌握每個人的位置。而且這個魔王還擁有可以有效傷害梅普露的技能，可能被意外的攻擊各個擊破。

必須一招定勝負。

「還有時間，多試幾次就行了！反正不小心打倒它，也等於我們沒事嘛。」

「「好！」」

就這樣，三人為了替魔王留下些許ＨＰ，不斷試誤調整力道。

經過數次挑戰，三人終於將強化效果減少到能打出合適傷害，成功使魔王留下一絲血皮。

「準備好了！直接上吧！」

「「好！」」

結衣與麻衣在魔王進行下一次行動前迅速貼上符紙，讓魔王ＨＰ歸零而消滅。計畫順利執行後，三人緊張地等待後續變化。只見漆黑空間逐漸崩潰，梅普露說的全白空間布展在她們眼前。

「好耶！成功了！」

總算順利重現第一次的結果，梅普露開心地噠噠跑到十字架前。

接著是與梅普露獲得「拯救之手」時同樣的過場效果，隊長梅普露脖子上不知不覺掛了條墜鏈。

「呃……嗯！應該是同樣裝備沒錯！」

梅普露摘下墜鏈查看名稱，交給她們兩人。

「先給結衣好了。」

「可以嗎，姊姊？」

「嗯。呵呵，我看妳很想趕快拿到的樣子。」

聽麻衣這麼說，結衣便坦率地收下「拯救之手」，迅速裝備起來。

「呃，很好！然後給它拿武器……」

結衣給飄浮於兩側的手裝備巨鎚，成功見到兩手各拿起一把巨鎚。

接著嘗試揮動飄浮於兩側的粗獷水晶鎚。

「哇！滿難的耶！」

「嗯，我到現在也不太能讓它們做出比較精細的動作，或是同時做別的事。」

不過她們倆不需要精細動作，只要隨便揮揮就一切搞定。

「再來就是幫麻衣打了！……？」

「好！……怎麼了嗎？」

見到梅普露表情像是沒想到某個理所當然的事，麻衣歪起了頭。

「嗯，我一個人來的時候打得很累，打完就不想再來了，所以沒想到……妳們覺得這怎麼樣？」

梅普露替她們出了個主意，兩人也恍然大悟地點頭。

「好～！決定了就馬上實行！有得忙嘍！」

「「好！」」

三人就此暫別魔王房。

◆□◆□◆□◆□◆

幾天後。

伊茲悠然自得地在工坊使用打倒活動限定怪物而獲得的材料，一項項做出能做的道

具。

「呼，差不多了吧。稀有材料能做的，大多是讓人在水裡可以探索得更輕鬆的道具耶。這也是當然的吧，說不定跟下一層有關？」

既然特地新增這樣的道具，應該是已經安排了使用途徑。雖然現下沒有最好的用途，但能對野外的大海或湖泊的探索提供幫助就很不錯了。

「殺怪的事基本上就交給他們了吧。」

當她拉椅子坐下想休息片刻時，門外傳來呼喊。

「「「伊茲姊——！」」」

來到工坊的是梅普露、麻衣、結衣三人。伊茲一看就知道，她們是有事相求而迫不及待地匆匆趕來。

「怎、怎麼啦，急成這樣？」

「要請妳幫麻衣跟結衣做武器！」

「武器？該不會壞掉了吧。前不久才整修過，應該沒那麼快壞才對啊……不過要做也沒問題啦。」

「謝謝伊茲姊！」

「那個……要請妳幫我跟結衣一個人各做六把巨鎚。」

「一……一個人六把？」

伊茲還以為她們是遇上了會讓耐用度快速減少的怪，意外的要求使她頓時傻眼。

「先、先等一下？我聽不太懂。」

三人也發現自己有欠解釋，連忙說明原因。

「嗯……直接用看的比較好懂吧……」

梅普露說完就對結衣與麻衣使個眼色。兩人更換裝備，身邊各浮現六隻白手。

這下伊茲也知道這是什麼狀況了。

沒錯，一個人能裝備三個飾品。將原本裝備【ＳＴＲ】道具的欄位全部換成可以裝備兩把武器的「拯救之手」，其實一點損失也沒有。雖然戰鬥時有需要切換「感情的橋梁」，這仍讓她們達成了同時裝備八把即死級巨鎚的夢幻型態。

「我終於懂了……只是頭還有點暈。沒問題，當然這十二把，我都會做成一等一的給妳們！」

「「謝謝伊茲姊！」」

「那完成以後就去試打喔！」

「「好！」」

伊茲不禁想像，其他玩家見到那景象究竟會作何感想。

×12

３３５名稱：無名巨劍手

活動打到現在，覺得不需要趕什麼東西，滿輕鬆的。

３３６名稱：無名弓箭手

有哪一階效率比較好嗎？

３３７名稱：無名長槍手

跟階層無關，主要還是看點。

每一階都有很會出怪或是好打的點。

３３８名稱：無名弓箭手

我主要是用遠程攻擊，不會被包圍的地方比較有效率吧～

３３９名稱：無名巨劍手

反正是所有人往同一個目標努力的活動，不用那麼講究效率吧。

３４０名稱：無名魔法師
嗨嗨。

３４１名稱：無名長槍手
……這個嗨嗨聽起來不妙。

３４２名稱：無名巨劍手
我懂。

３４３名稱：無名弓箭手
這個是出事了的嗨嗨。

３４４名稱：無名魔法師
我看到很扯的東西。

３４５名稱：無名長槍手

活動怪嗎？
還是像怪物一樣的玩家。

346名稱：無名魔法師
像怪物一樣的玩家。

347名稱：無名弓箭手
名字是梅開頭的嗎？

348名稱：無名魔法師
算一部分對了？

349名稱：無名巨劍手
？？？？

350名稱：無名魔法師
講白了就是，

麻衣和結衣可以拿八根巨鎚了。

351名稱：無名巨劍手
？？？？？？？？？？？？？？？？？？？？？？

352名稱：無名弓箭手
有聽沒有懂。

353名稱：無名塔盾手
我沒聽說～我什麼都沒聽說～
這幾天都是一個人默默打怪！
該去了解一下了……前幾天她們不曉得跟梅普露出去做什麼。

354名稱：無名長槍手
是魚太營養了嗎？經驗值賺太多……

355名稱：無名巨劍手

升級不會多開武器格吧？不會吧？

３５６名稱：無名魔法師

遠遠看來就是兩坨一黑一白的東西在瘋狂亂轉，結果是人。

３５７名稱：無名長槍手

這火力太過剩了吧？

假想敵是什麼？被她們那樣打，什麼都會瞬間爆炸吧？

３５８名稱：無名塔盾手

愈變愈大隻……大家都好神喔。

３５９名稱：無名巨劍手

替魔王哀悼。

３６０名稱：無名弓箭手

躲開就行了吧……

361名稱：無名塔盾手
根本是表面積的暴力。
沒實際看過，不曉得是怎麼弄的。那麼一大顆，不管被哪個碰到都是致命傷啊。
而且還有八個？夠了喔。

362名稱：無名魔法師
八個巨鎚轉圈圈～
怪物嘩啦啦～

363名稱：無名長槍手
被異常狀況嚇到腦子融化了。

364名稱：無名弓箭手
什麼轉圈圈，
分明是散布死亡。

３６５名稱：無名塔盾手
哎呀～我們的主要火力太可靠了！

３６６名稱：無名巨劍手
原本就已經夠可靠了吧。
喔喔……整人喔……

結衣與麻衣再度回到第五層，藉活動怪練習揮舞八把巨鎚，梅普露替莎莉講解事情經過。

「這樣啊……她們兩個應該可以用得不錯吧。問她們要拿來打什麼，恐怕也回答不出來就是了……」

由於能力值的緣故，莎莉和霞不適合像這樣增加武器。結衣與麻衣不需要精細的操作，可以無視操縱困難的缺點，多拿六把武器只有好處而已。

「這樣的話，好像就不用太注意整個團隊的傷害了。武器變多以後【ＳＴＲ】也能大幅提升……」

結衣與麻衣至今都是以對魔王最終兵器的角色提供貢獻，而這一點終於在這時登上了極限。

「考慮到整個團隊的動作，希望她們也能針對難打的類型來強化呢。」

「嗯嗯嗯。」

「例如動作跟不上、進不了攻擊範圍之類的。」

莎莉又舉了幾個例子，每個都與攻擊有關。這是當然，因為有梅普露保護她們，【獻身慈愛】和【天王寶座】等技能能輕易彌補結衣與麻衣低落的防禦力。就性能而言，可說是已經達到不必再多要求些什麼的程度。

「妳們原本就很合了，現在三個又都變強，效果三級跳，會不知道怎麼下手吧。」

莎莉心想，下次ＰＶＰ活動時若有機會分組行動，仍是她們三個一組最好。

「是不是想幾套連續技出來會比較好？」

「嗯。這種需要臨機應變的動作要多練才會順手。」

「莎莉的動作就好厲害喔。」

「因為我玩過很多ＶＲ遊戲啊，累積了很多經驗。」

當然這也與【ＡＧＩ】的差異有關，但她動作的俐落度還是與梅普露她們有天壤之別。無庸置疑地，根本上還是無關技能的能力差異。

「呵呵，要練習怎麼跟和我搭配嗎？」

「嗯！可是不曉得跟不跟得上……」

「不用想得太難啦。妳看嘛，只要妳幫我擋我不能對付的攻擊，我幫妳引開妳不能對付的攻擊就好了。」

「然後以不受傷為目標對吧！」

「沒錯。妳也有很強的攻擊，可以適時轉守為攻這樣。防禦的部分相信對方就

好。」

「嗯！」

莎莉相信梅普露的防禦力，梅普露相信莎莉的迴避力，這就是她們行動的前提。相信這將會是她們在命懸一線的勝負中步步邁向勝利的關鍵。

「既然這樣，等等就到地城去打一下怎麼樣？」

「馬上就要練搭配啊！好哇～！」

「我就知道妳會答應！」

於是兩人前往目前怪物最凶猛的第七層。即使她們已經花了很多時間到處逛，沒去過的地方還是很多。

梅普露照常讓莎莉騎馬載著跑。

「這次要去哪裡？」

「去我在妳們三個打第六階的時候碰巧發現的地方。我有探了一下路，感覺一個人不好打就回來了。」

聽到莎莉都覺得危險而折返，讓梅普露覺得這地城難度特別高而繃緊神經。

「網路上有資料嗎？」

「我查都查不到，所以不是還沒發現，就是想藏私吧。要是有人公開，應該會有很多人討論才對。」

「？」

「去了就知道。」

於是兩人穿越森林、橫跨荒野、登上山巔，來到溪谷頂端。

往下一看，兩側都是陡峭的岩壁，開在峭壁上的洞與洞之間有岩橋相連。還有看似凶暴的鳥型怪物到處高聲怪叫，肯定會來妨礙玩家在溪谷間行動。梅普露也看得出，正常玩家攻略這個地方需要在溪谷兩側來來去去。

「到最底下就好了嗎？」

「嗯。所以呢……」

「直接跳下去吧！」

「對，這樣最快。」

根本不需要騎糖漿慢慢飄下去。想到最底下，梅普露只要讓莎莉待在【獻身慈愛】的範圍裡，一起跳下去就行了。怪物再快也追不上倒栽蔥墜落的玩家。

「其實啊，我也試過自己直線下去的方法。」

「對喔，妳有絲線可以用，還可以做踏點嘛！」

莎莉的空中機動力相當高，即使不能一口氣衝到底，在這個到處有峭壁和落腳處的地方，要一邊應付怪物一邊下降是不成問題。

「那就……希望能順利成功了……梅普露，過來一下。」

「嗯？怎樣怎樣？」

莎莉往某處指去。那裡鳥型怪物較多，相對地可供落腳的岩橋也有好幾座。雖然岩橋有高有低，但只要小心利用，不會飛的玩家也能拿它當捷徑。

「那裡，只要滿足特殊條件就會開傳送門。」

「咦！」

「如果從正上方看，就會發現那些高度不同的橋其實排成了一個圈。」

「真的耶。」

莎莉解釋，如果在那個圈裡面使用所有屬性的基礎魔法各一次就能傳送。

「好厲害喔～！妳是怎麼發現這種事的？」

「因為這裡怪物很多，能踩的地方又不大，適合拿來練習迴避跟迎擊，結果就碰巧發現了。」

梅普露怎麼也無法模仿這種事，只能點頭讚嘆莎莉果然厲害。

「傳送過去以後才是主題。」

「知道了！」

梅普露發動【獻身慈愛】後緊抱莎莉，做好跳崖準備。

「好了嗎？」

「ＯＫ～！」

「「一、二、跳！」」

兩人腳一蹬地縱身一躍，往谷底直線墜落。

「好，開始嘍！」

「嗯！」

莎莉抓緊時間發動所有屬性的魔法，隨後圈內迸發白光，籠罩她們並傳送到其他地方。

墜落的加速度同時消失，兩人在傳送後也頭上腳下地安然立於地面。

她們人在圓形廳室的中央，牆上有好幾個通道開口，呈放射狀等間隔排列。梅普露環視四周，發現傳送過來時仍留在腳下的光順著地面開始移動，指向某條通道。

「要走那裡的意思？」

「不是，是說離開用的魔法陣在那裡。」

「咦？可以直接出去喔？」

「對，隨時都能離開這裡的意思……要來嘍！」

莎莉這麼說之後，形形色色的怪物從沒有光指示的通道一個接一個爬出來。看過的沒看過的都有，還包含活動怪，沒有法則可言。

「總之先把怪都殺光！」

「知道了！」

莎莉知道的就這麼多了。對於不適合以寡敵眾的莎莉而言，這樣的地形和大量怪物太過不利，當場就選擇撤退。想打這裡，必須有適合應付這種場面的梅普露幫忙才行。

「從可能有穿透攻擊的開始打！」

「嗯！【全武裝啟動】！」

沒有怪物湧現的通道只有一條，兩人便以此盡可能確保背後安全，開始往正面射擊。莎莉將遭受梅普露射擊也仍持續前進的怪物劃分危險度，從高的殺起。

「朧，【火童子】【渡火】！【水纏】！【二連斬】！」

莎莉以朧的技能披上火焰，使每次攻擊都能對怪物造成火焰傷害，再用【操水術】給予的技能附加水所造成的自動追擊效果。

再加上【追刃】，莎莉的攻擊一共會追加三次傷害。儘管每一擊傷害不大，在兩把匕首快速連擊之下可不是鬧著玩的。原本只會單純造成二連擊的【二連斬】因使用兩把匕首而加倍，總共有十六次傷害，可以打出遠超乎原本技能傷害的數值。

「再殺再殺！【獵食者】【毒龍】【流滲的混沌】！」

莎莉一隻隻擊殺的同時，梅普露避開莎莉戰鬥的區域使用遠程攻擊技能，將怪物打得七零八落。原本怪物會全方位地圍攻場地中央無路可逃的玩家，但能碰到梅普露之前，得先挺過槍林彈雨和各種傷害技能，最後還要突破莎莉和兩隻蛇怪。想打倒梅普露就要打倒莎莉，並給予巨大的傷害，而打倒莎莉清出道路之前，卻得先打倒梅普露。

對於只有數量優勢的烏合之眾來說，這樣的要求實在太高了。

史萊姆、半獸人、哥布林等常見怪物構成的雜牌軍攻勢逐漸趨緩，最後一隻被莎莉砍掉腦袋之後，大廳終於恢復平靜。

「有夠多隻的耶。」

「裡面有摻雜活動怪，先把材料撿一撿吧。」

在大廳裡撿材料到一半，地面忽然轟隆一響，兩人便放棄往通道走，先後退看看狀況再說。即使要進通道才能前進，在這個一直出怪的狀況下危險性頗高。不久，通道再度湧現大批怪物。

「又來了！好，再來一次……」

「嗯，先打幾波觀察一下。」

兩人繼續不停打倒怪物，彷彿在宣示來幾次也沒用。火力絲毫沒有減弱的跡象，怪物飛快減少。游刃有餘的莎莉開始思考怪物有何特點，但只知道與第一波有些不同，基本上還是很常見的怪物。

小嘍囉軍團的二度挑戰，顯然同樣摸不到梅普露的邊。穿透攻擊若進不到攻擊範圍，一點用處也沒有。

就像重播第一次一樣，怪物全部一掃而空。最後從通道出現的大型哥布林也遭到莎莉的連擊埋伏，連手上的劍都沒能舉起來。

「呼，第二波也打完了吧。」

「再繼續打也沒問題喔！」

「嗯，很好。沒有【獻身慈愛】和掃射削數量，就沒辦法打得這麼穩了吧。」

莎莉能給予致命傷的範圍，充其量就是她匕首所及的範圍。上次撤退，是因為一個人恐怕突破不了壓倒性數量所構成的前線，同時還要應付從後方射魔法的怪物。

莎莉的迴避力和梅普露的防禦力，並不是在任何情況都能妥善發揮。

「如果一直都有這麼多怪物跑出來，很適合用來刷活動怪耶。」

「真的摻了很多。」

「如果一直這樣，可能要一面打怪一面前進了。」

「好哇，我會好好保護妳的。」

「嗯，拜託妳啦。」

兩人又等了一會兒，看有沒有下一波，而她們所等待的變化果真也伴著地鳴聲出現了。這次的怪物與前兩次相比有明顯變化，大多數是機械或魔像等無機物風格，讓莎莉很快就猜到了法則。

「該不會是一階出一波吧……」

「啊！可能喔！」

莎莉說得很不希望是這樣的樣子。前兩波出現的都是第一第二階地區的怪物，而第三波是第三階的。第三階的確有很多這種怪物，有些還能認得。那裡景觀和怪物的變化都比前兩階大很多，也就不難猜了。

但這麼一來，後面必然會遇到第六階的怪物。

「總之先打倒這些怪物吧！人家也開火了！」

「嗯，希望我猜錯了……」

對接下來的變化有所預測後，兩人再次面對大批怪物。充滿第三階味道的機械兵和魔像從通道前仆後繼，慢慢接近她們。

「【開始攻擊】！」

梅普露一開火，金屬構成的魔像就跑到機械兵前方替它們擋子彈。更傷腦筋的是，梅普露的射擊似乎對魔像無效，ＨＰ絲毫未減。

「唔唔，魔像真的很難打。」

「我這邊也砍不痛，一隻一隻打？」

機械兵也用手上的槍射擊梅普露她們，但如同魔像會彈開梅普露的槍彈，機械兵的槍彈對她們也沒用。然而魔像和機械兵得以倖存，其中普通的怪物或沒有受到掩護的飛行機械仍會遭到流彈擊中而紛紛倒下。

「那就跟平常一樣，硬的交給我！【破防】！」

梅普露還沒有能夠穿透防禦的技能，攻擊手必須替她彌補這個弱點。說起來，這才

是防禦手和攻擊手應有的面貌。

「然後……加上這個怎麼樣？」

莎莉穿梭在怪物之間，直接攻擊機械兵。魔像若去阻止莎莉，機械兵會被梅普露射成蜂窩；若丟下不管，機械兵會被砍成廢鐵。

且無論想對莎莉做什麼，只要她還在【獻身慈愛】範圍內，魔像就一點辦法也沒有。

即使同樣是負責防禦，兩者的級數還是差太多了。

「【激流】！」

莎莉使用技能的同時衝入怪物堆裡，身上沖出強烈水流。水流本身沒有傷害，卻能依序沖開周圍怪物，將陣形破壞得一塌糊塗。被沖出魔像背後的機械兵暴露在梅普露的彈幕之下，接連化為光而消失。

「【破防】！【三連斬】！」

以現在的戰力而言，這點怪物處理起來是毫不費勁。梅普露和莎莉接連三波都狠狠蹂躪了打人海戰術的對手。

兩人清光怪物而擊掌時，地面猛然一震。

「又、又來了？」

「這次快好多喔。」

在注視通道的兩人面前，走出了一個梅普露見過的人物。

「啊！機械神！」

「咦！就、就是它？」

雖然配色不同，又因為背景設定的關係，多半只是那個魔王的複製品，但總歸是來此之後第一個像是魔王的怪物。

其他通道設有類似梅普露的那種光束武器，對準了她們。

「原來如此，這裡不只會出小怪，魔王也隨便他們擺啊……」

莎莉覺得自己跳進了一個難度比想像中高很多的地城，不過能和梅普露一起面對強敵，使她神情依然愉快。

「好，都打到這裡了，一定要打到最後！」

「讓它看看我們的默契！」

與小嘍囉截然不同的對手，使兩人繃緊神經握緊武器。

就在剛擺好戰鬥架勢時，機械神的光束裝置對她們射出了粗大光柱。【獻身慈愛】再好用也不會比沒打中好，於是莎莉迅速跳起，在唯一沒有光束裝置，有著傳送魔法陣的通道前著地。

梅普露在房中央承受所有光束，都看不見人了。

「還好嗎？」

「嗯！雖然做出來的武器被轟爛了，但看起來是沒受傷！哇！」

莎莉見到梅普露猛然朝位在背後的她彈過來，情急之下想擋下她。然而力道不夠，兩個人一起往後飛。

「喂！會飛進傳送魔法陣啦！」

「咦！呃，那個，【天王寶座】！」

梅普露經常拿來當牆用的天王寶座，這次也派上了用場。

兩人撞上瞬間出現的不動之牆，成功避免了被直接擊退到魔法陣上而強迫退場的慘劇。

「那現在該怎麼辦呢……」

「上次我也像這樣被壓在牆壁上。」

兩人背後是傳送魔法陣，前方是直線通道，遠端連接大廳。正前方有啟動了武器的機械神，且仍在射擊有擊退效果的砲彈，將兩人壓在寶座上。要是回到大廳，其他光束就失去牆壁的阻隔，多半會再次開火。

「嗯～然後還要處理魔王……要盡可能節省技能來打破這個狀況呢。」

「現在給它轟也沒關係的樣子，慢慢想吧！」

「又是戰鬥中的作戰會議階段呢。」

莎莉也已經很熟悉這種場面，一一掌握現況。梅普露的防禦力讓她們有得是時間，可以臨時開場作戰會議確定彼此該做些什麼再繼續行動，這說不定也堪稱是梅普露的隱性優勢之一。

「【獻身慈愛】的範圍有到通道外面一點點……可以試試看吧。」

「嗯。先前那樣看下來，那些光束好像沒有擊退效果，只要不被機械神的子彈打中就能離開這裡了。」

「嗯嗯。」

「我會閃子彈跑出通道，順利的話再用【替身術】跟妳交換，讓妳背後沒有通道。」

「知道了！」

有【獻身慈愛】就只是再被打飛一次，失敗了也不會死。

「好，我走嘍！【冰柱】！」

莎莉在眼前豎起冰柱遮擋槍彈，擺脫擊退的束縛。

不過在狹窄通道中央設置掩體，等於槍彈會集中於兩側，若只是這樣還是離不開這裡。莎莉一拍臉頰大口吐氣，梅普露光從這動作就明白她想怎麼做，替她打氣。

「加油喔！」

「看我的。」

莎莉解除【冰柱】的瞬間，高速槍彈便從正前方連續飛來。

「呼……！」

莎莉短吁一聲，扭身閃開子彈。在看似無處能躲的空間，利用擊發時的微小時間差穿過間隙，甚至給人子彈自己避開莎莉的錯覺。

躲不掉的就用匕首彈開，視數百槍彈為無物般不斷向前。

「梅普露的準度……說不定都練到比它好了。」

最後再一個滑步，避開彈幕向橫一跳，使用【替身術】和梅普露交換位置，幫她脫困。

「喔喔～！好厲害，一次成功！」

「我直接過去妳那邊，再讓它打一下喔！」

「ＯＫ～【嘲諷】！」

梅普露讓槍彈和光束都瞄向她，用身體擋下。既然知道沒有傷害，那就一點問題也沒有，不再受槍彈威脅的莎莉直接走出通道。

「呼……成功脫逃。那我們開始反擊吧。」

「莎莉！怎麼打～！」

梅普露問下一步行動的聲音，都快被著彈聲給淹沒了。

「先從光束裝置開始下手！雖然沒有傷害，但是很礙事！」

「嗯，會遮住視線嘛！」

「在它們開始打我以後，妳就把光束裝置打爆！」

「知道了！」

只要清除這些不間斷的攻擊，就能嘗試重啟武器。武器硬度不比梅普露的硬度，在現況下一啟動就會馬上毀壞，根本不能用。

莎莉在梅普露前方製造冰柱，好在有需要時讓她有個掩護能局部啟動武器，然後從最外緣的光束裝置開始破壞。

「【五連斬】！」

如同【二連斬】會變成十六連擊，【五連斬】也成了四十連擊。每一擊傷害雖小，所需時間卻遠比正常打四十下短，能在極短時間內打完這些傷害即是它的強項。

最後打出了驚人的爆炸性傷害，光束裝置直接爆散。

「什麼嘛，還滿薄的。再來！」

覺得能順利進行下去而摧毀第二個光束裝置時，武器和機械神似乎將目標轉為搞破壞的莎莉身上，全都轉向她。

「很好。一個一個打也麻煩，這樣反而輕鬆。」

莎莉大膽地這麼說並一個飛身，躲開往她集中而來的數道光束。接著在空中製造踏點，以匕首擊落所有槍彈。

在火花四散，金屬與金屬乒乓作響之中，莎莉身上沒有跳出任何傷害特效，一路輕

飄飄地閃躲光束，吸引攻擊。於是終於完全自由的梅普露也啟動了武器。

「【全武裝啟動】【開始攻擊】！」

她將所有砲口指向所有光束裝置，一鼓作氣開始攻擊。

如同機械神準備了好幾座光束裝置，擁有同名技能的梅普露也能做到類似的事。

所幸梅普露攻擊力也不差，即使難以參與莎莉的攻擊，一樣能摧毀敵人。

剩餘的光束裝置遭到同時攻擊而爆散，房間裡很快就只剩機械神本體一個。

「梅普露！在有變化之前一口氣解決！」

「嗯！」

莎莉見到槍口又指向梅普露，轉眼就貼近機械神，再度使出連擊。

「【六連斬】！」

用的依然是她用到現在的基本連擊技能。動作單純，又沒有附加效果，但對她來說已經足夠。

水花火花隨攻擊濺散，加速傷害。只是這樣砍了幾十刀下來，槍口不轉向莎莉也難。

「【衝鋒掩護】【沉重身軀】！」

梅普露也知道這點，藉由高速移動來到莎莉身旁，以【獻身慈愛】承受攻擊，再用距離用慣還差得遠的【沉重身軀】忽略擊退效果。儘管代價是無法移動，由於莎莉與敵人距離已經縮到極限，無疑能參與攻擊。

「【水底的引誘】！」

梅普露一手變成觸手，要捏碎機械神的軀體般抓住，打出比莎莉連擊更高的傷害，幾口砲還在零距離射擊之下在機械神身上開了洞。而ＨＰ驟降的同時，機械神布展了更多武器。

「呃，先打死它！【跳躍】【精準攻擊】！」

莎莉高高躍起，占據機械神正上方，當空調整姿勢揮砍匕首。刀刃從頭部一路剖開軀體，眼看就要噴發烈焰的大量武器隨機械神的戰敗而崩潰。

「ＮＩＣＥ啦！」

「嗯！還很夠喔！」

「嗯，妳也是。【暴食】只剩五次了吧，武器的殘量還行嗎？」

「那等【沉重身軀】結束以後，我們再回中央吧。」

「好的好的～！希望在那之前不會出怪……」

「我大概能猜到接下來會出什麼了，有點期待跟妳一起打呢。」

「一起加油喔～！」

「那當然，不管來什麼都要贏。」

兩人就此為接下來的戰鬥做準備，等待變化。若什麼也沒發生，當然再好不過。然而兩人心裡預想的怪物，仍從正前方的通道中出現了。

「唔……！」

「還真的跟我猜的一樣耶。」

出現的是第四階的鬼王，給梅普露【百鬼夜行】的那位仁兄。這位外觀根本一模一樣的魔王，帶了把與其身軀相當的大刀。

「不曉得是最高等的連續魔王戰，還是打妳打倒過的怪物耶？」

「我打贏的時候應該不是這把武器喔！」

「總之小心一點。」

說完莎莉舉起匕首，梅普露化為觸手的手也恢復原狀架盾。也許是見到她們開始備戰，鬼王也舉起大刀。

下一刻，鬼王以超乎常人的加速瞬時來到兩人面前橫掃出刀，要將左右並列的兩人斬成兩半。

「……！」

「呃……嗚哇！」

刻劃在全身細胞裡的迴避直覺使莎莉及時蹲下，躲過刀勢。

左手持盾的梅普露碰巧成功防禦，但因而發動的【暴食】沒能破壞那把刀。雖然躲過腰斬的下場，那非人的膂力仍推得她雙腳離地，直線彈向牆壁。

直覺告訴莎莉，眼前這人物是可怕的強敵，利用蹲姿的爆發力飛身揮斬。她用的不是機械神那時重視威力的技能攻擊，而是沒有固定動作的普通攻擊，鬼王卻仍快速反應，將其擋下。

「妳打得贏這種怪啊……太厲害了。而且這次還能一起打。」

沒什麼比這更讓莎莉高興的了。眼前有強敵，身旁有梅普露，她開始感到超乎預期的亢奮使她的專注力愈發提升。

兩人的交擊鏗鏗作響。莎莉擋下了所有攻擊，但對方亦然。且若長久持續下去，肉身的莎莉遲早會失去專注而露出破綻。

當她覺得需要些契機扭轉現況時，一道光束劃破梅普露撞牆處的濃濃沙塵激射而來。

「莎莉！」

鬼王即刻反應，要揮刀打消光束。而莎莉察覺梅普露喊她名字的用意，立刻踏進一步扭身，深深斬過鬼王的身軀。即使那會使她脫離安全範圍，也不能放過梅普露製造的機會。

見到鬼王無視於傷害，雙腿使力邁向梅普露，莎莉立即掉頭。

「【超加速】！」

在鬼王再度加速猛衝之前，莎莉已繞到他面前，以兩把匕首擋下那肉眼已經難以看清的劈斬。

「要去哪裡？你的對手是我。」

梅普露跟不上這樣的速度，所以這次是由莎莉化解攻擊。【獻身慈愛】仍在作用，可以抵擋不測，只要注意穿透攻擊即可。

「梅普露，妳幫我製造機會，我就能砍倒他！」

「知道了！」

這次梅普露不是孤軍奮戰。有如此可靠的夥伴在，能做的事也會倍增。

「【開始攻擊】！」

莎莉以梅普露開火為信號，瞬時踏進揮砍。只要姿勢有一瞬調整不及，她就無法成功反擊，但在此時的專注狀態之下，她不會犯那種失誤。

「有第四階之王的強度，可是我們兩個應該不會輸。」

現在和需要獨自挑戰的第四階不同，可以分工合作，簡單得多。鬼王的動作比普通玩家更快更猛，而莎莉也不遑多讓。她一次也沒讓鬼王接近在後方射擊的梅普露，將他釘原地，簡直不是人。

以如此單純但難度極高的連擊逐漸削減鬼王的ＨＰ，向後跳開拉出距離時，周圍噴出紫色火焰。同時鬼王後方通道出現一隻全身以紫焰構成的大狗，來到鬼王身邊。

莎莉也暫且後退，在梅普露身邊確認狀況。

「妳上次打的時候有這個嗎？」

「沒有耶。火的部分是有，可是感覺不太一樣。我不怕那個火，不過武器就有穿透傷害了。」

梅普露一開戰就被打飛，沒時間對話，直到現在鬼王攻勢放緩才能討論。

「基本上我會擋住他，妳用【獻身慈愛】幫我擋火焰的攻擊。那應該是範圍攻擊吧。」

「知道了！」

「【劍舞】已經疊滿了，傷害很夠。」

「有狀況我會幫妳擋！」

「好。」兩人不約而同輕點個頭，面向鬼王。

鬼王帶著焰犬，接下來是與梅普露的第四階之戰截然不同的二對二。失去數量優勢後，更需要慎選攻擊手段。

雙方靜待對手如何出招般對峙時，鬼王的焰犬先行動了。

「【開始攻擊】！」

梅普露火力全開，要讓直線奔來的焰犬無路可逃。然而焰犬全身都是沒有實體的火焰，她的攻擊全部穿過去，沒有造成傷害。

「【高壓水柱】！」

莎莉見狀從地面射出大量水柱，而焰犬也以野獸的敏捷動作避開且高聲咆嘯，兩人腳下地面發出紅光。

「沒問題！【不壞之盾】！」

梅普露話音剛落，地面就衝出籠罩兩人的火柱。經驗告訴她，火焰幾乎不是穿透攻擊，而是會造成另一種持續性的傷害，便一併發動減傷技能保險，最後毫髮無傷地度過這次攻擊。火柱沒有觸動暴食，對她們而言不必在乎這種攻擊。

「太好了～！」

「嗯，這樣的話基本上可以不管。」

在火柱中對話的兩人向前一步準備回敬，結果一把刀刺進了遮擋視線的火牆。突如其來的攻擊使莎莉反射性地橫擊刀面，使路線些許偏差，但那不幸劃過梅普露的肩坎，爆出傷害特效。

見到梅普露的ＨＰ在【不壞之盾】這強力減傷技能發動時還一次噴掉將近六成，莎莉立刻選擇退避。

「【激流】！」

她抱起梅普露，乘水流衝破火牆拉開距離。然而鬼王仍不放過她們，帶著焰犬急速接近。

「梅普露，先下去一下！」

「【大地的搖籃】！」

為重整旗鼓，梅普露用技能和莎莉一起潛入地底。

「呼……【治療術】。」

「謝啦～唔唔……真的好強喔。」

「嗯～想躲掉火焰攻擊的話恐怕會有點勉強，要用【獻身慈愛】顧好我喔。」

「嗯嗯。」

「穿透攻擊我會全部替妳擋下來，當妳的盾牌。」

也就是互相消除彼此難以應對的攻擊，堅守優勢。而既然莎莉全力投注於防守，攻擊的職責就更往梅普露偏了。

「槍跟劍都會被擋住……」

「放心，找機會打就好。再說只要貼著他打就沒得擋了吧？」

既然從遠處攻擊會被刀擋住，把砲口抵在他身上就行了。就像莎莉所做的那樣，有些攻擊在物理性質上是躲不過的。

「妳就放心攻擊吧。不用怕，我不會讓他打到妳。」

「知道了！看妳的嘍？」

「包在我身上！」

兩人都是彼此的劍與盾。重新訂定方針後，兩人隨潛地時間結束而回到地面，鬼王就等這一刻般劈下刀來。

莎莉擋下這一刀，鬼王又忽橫忽縱地速砍，但每一刀都被她準確彈開。

「不會再讓你砍到她了！」

「反擊嘍！」

在莎莉與鬼王激戰時，梅普露一手化為大砲，貼上鬼王腹部來個零距離射擊。傷害特效伴隨紮實手感迸散，成功予以痛擊。兩人沒有追擊向後跳開的鬼王，焰犬咆嘯所喚起的火柱又圍住了她們。

「沒有下一次了。」

即使看不見對方出手的瞬間也無所謂。莎莉抱持絕對的自信舉刀預備，果然大刀又刺破火牆殺來。

莎莉揮起兩把匕首從下方彈開大刀，打歪它的路線。

接著映入她眼中的是衝進火牆來的鬼王，以及另一隻手的第二把大刀。

「就算這樣……！」

莎莉強行調整因反彈重擊而失衡的姿勢，交叉匕首在頭上擋下劈落的大刀。不過用兩把匕首擋一把刀是很不划算的事。

「【流滲的混沌】！」

一人苦戰時，另一人就要設法解圍。梅普露刻意使用遠程攻擊引誘鬼王防禦，莎莉抓緊這一瞬調整架勢，大步竄過鬼王腹側添上一擊來到背後。

或許是因為連續戰鬥版的鬼王ＨＰ並不高，再補幾次重擊就能打倒。

「梅普露！」

莎莉在穿過鬼王身旁之際對梅普露使個眼色。

梅普露也正確領會莎莉的要求，立刻開始行動。

「【衝鋒掩護】！」

她高速移動到了莎莉身邊。和【替身術】的不同之處，是這並非點對點的交換，純粹是高速移動。

所以能在這短暫過程中加上些許行動。

「嘿呀！」

梅普露跟隨莎莉的路徑穿過鬼王身旁時，橫舉塔盾砸在他身上。這當然會觸發【暴食】，爆出驚人傷害特效。小怪中了這一擊是必死無疑，魔王怪也恐將造成致命傷，但鬼王卻依然挺立，使勁握刀轉過身來，要砍倒剛揮盾重傷他而姿勢失衡的梅普露。

「你是靠力量取勝，我就是速度了吧。」

莎莉抓緊轉身瞬間這無法進行其他行動的機會，要弄鬼王般又錯身繞到背後。

「【替身術】！」

梅普露和莎莉瞬時對調，毫無防備的背部出現在梅普露眼前，兩把大刀直往莎莉逼來。

「再一次！」

梅普露的盾這次終於將鬼王的身體徹底咬成兩半，而幾乎在這同時，接擋沉重劈砍的莎莉感到那重量消失不見。

「看來我們合作的力量比他還強呢。」

周圍火焰逐漸熄滅，莎莉有些欣喜、有些滿意地低語。

◆□◆□◆□◆□◆

「好耶，終於贏了～！」

「嗯，配合得很成功。」

「兩個人打就是不一樣！在第四階打的時候真的好辛苦好辛苦喔。」

當時梅普露將技能全部耗盡，用到【核心鎔燬】自爆才終於擊倒。

相比之下，這次別說【不屈衛士】，連【暴虐】【暴食】都有剩。當然這裡不是同一戰場，正確說來連對手也不是同一個，但也顯然是兩人合作才能獲勝。

「很高興聽妳那麼說。話說回來，妳的【獻身慈愛】真的每次都幫了大忙呢。」

「嘿嘿嘿，不客氣喔。」

「會比他強的怪物應該沒幾個了吧……」

「下次不曉得要打什麼？」

等了一會兒，只見正面通道出現高大的六翼天使，其他通道則是雙翼小天使，手上都拿著弓。

「梅普露，這個妳有印象嗎？」

「我拿到寶座那裡有類似的……可是不太一樣。」

交談當中，天使們要先發制人般上箭拉弓，前方魔王周圍空間還發出光芒，頓時大量光箭之雨傾注而下。對於這一開場就充滿殺意的攻擊，莎莉閃避之餘看著梅普露問：

「喔……怎麼樣，梅普露？」

「完全沒事！」

只要不是穿透攻擊，來再多對梅普露都不痛不癢。

「太好了，那我們就一隻一隻打吧。」

「嗯！可是武器會被打壞，拜託妳啦，莎莉！」

「好好好。【冰柱】！」

莎莉在一隻小天使附近豎起冰柱，藉絲線一口氣來到冰柱旁，腳一蹬就跳上空中給天使來一刀。橫向迴旋的匕首準確命中天使，傷害大得一擊就消滅了他。

「喔，比想像中還薄耶。」

想一鼓作氣全部清光的莎莉再造出一根冰柱跳上去，同樣予以痛擊葬送天使。

她進入地城就一路連續戰鬥到現在，【劍舞】的攻擊力提升效果始終維持在最大值。平常想發揮最大效果不太容易，但現在得以持續，可以期待相當可觀的傷害。如果這是第一戰，說不定天使還撐得下來。

如此打倒幾隻後，莎莉見到第一個打倒的天使復活而發覺這樣做沒有意義，斷然放棄。原本看他們只會射稍微強化過的箭，想在他們造成災害之前全部清空，但全都是白費時間。

「梅普露，小天使射的箭也沒影響嗎？」

「嗯！沒有任何怪怪的效果喔！」

雖然她們一副毫不介意的樣子，普通玩家遇上這樣的箭雨卻免不了一番苦戰。是梅普露的防禦力和【獻身慈愛】，讓天使們的攻擊顯得沒什麼大不了。

「那就先不管小天使，直接打死魔王就行了吧。」

莎莉跳回地面，注意著【獻身慈愛】的範圍，和梅普露一起走向魔王大天使下方。兩人一靠近，就有天罰般的光柱從上方射下來籠罩她們，但沒有發生任何值得注意的事。

「我們好像正好剋這波耶。」

「那就用力打吧！」

梅普露和莎莉各擁極端能力，適不適合打什麼便十分明顯。無論是什麼樣的敵人，只要是以她們為目標，就非得以穿透攻擊為標準配備不可。

「【五連斬】！」

感到能放手使用技能的莎莉打出連擊。在水火齊飛的連擊之下，魔王的ＨＰ有明顯下降。

但是附近忽然傳來柔和的豎琴聲，魔王逐漸減少的ＨＰ開始恢復。

「哇！」

「啊，莎莉！其他天使是拿樂器！」

「就是他們在補血吧。怎麼辦呢……」

用高過補血的傷害硬推也不是不可能的感覺，可是天使壓倒性的補血速率告訴她那並非正道。

「如果不是武器會被光箭打壞，就可以交給梅普露殺了……」

頭上的大量箭雨依然是下個不停，顯然不會有箭矢用罄的問題。

「嗯～」

「啊！對了，莎莉，這招怎麼樣？」

「說吧。」

聽了梅普露的主意，莎莉也覺得沒有問題而點頭。經過莎莉批准以後，梅普露立刻著手準備。

「糖漿，【甦醒】【巨大化】！【念力】！」

梅普露使巨大化的糖漿浮上空中，待在自己的正上方。如此一來光箭就會由糖漿擋下，不至於摧毀她的武器。雖然【獻身慈愛】會代替糖漿吸收攻擊，但影響對象是梅普露本人，與武器無關，這樣就能互相掩護了。

「我來打掉小天使，莎莉要加油喔！」

「知道了，看我的。」

「好～【開始攻擊】！」

「【六連斬】！」

如同穿透攻擊是梅普露的弱點，藉補血打持久戰的魔王弱點自然是害怕失去補血手段。攻擊無效，持久戰的要素又遭剝奪，這魔王可說是一點優勢也沒有。

原本他是個會一邊補血，一邊用大範圍箭雨同時殺傷多數人的棘手魔王，遇到梅普露真是算他太太太倒楣了。

「【四連斬】！【三連斬】！」

莎莉也盡可能用最大火力輸出，毫不遲疑地對著魔王連放技能。

若只有梅普露一人，或許難以在殺傷魔王的同時消滅負責補血的天使，但有個優秀的攻擊手在就沒問題了。這時候就像個正常的塔盾玩家，將攻擊交給攻擊手即可。雖然坦克身兼遠程攻擊，把天使全部擊落這點就夠奇怪了。

既然天使方的攻擊這也沒用那也沒用，剩下的就只有單方面蹂躪而已。

看著魔王啪唧一聲化為光點，莎莉喃喃自語。

「果然沒有穿透攻擊是真的別想打贏梅普露呢。」

「呵呵呵，這次是無傷大勝利喔！」

若沒有優秀的穿透技能，連挑戰的資格都沒有。就這點而言，這群天使從一開始就註定失敗了。

擊破天使的兩人繼續等待下一次變化。

雖然一連打了五波，戰況卻是相當順利，仍保有許多資源。用來打敗魔王的技能絕大多數是莎莉的連擊技能，梅普露有限次數的技能大多得以留存。

「再來幾波都沒問題呢！」

「嗯。照這順序，接下來是第六……」

莎莉說到一半就臉色發青，因為她已經從至今的法則推斷出下次是哪一階的敵人。

而她的預測很快就獲得印證，通道裡有個頭戴破王冠，衣服原本應該很豪華，像是魔王的骷髏率領大批不死怪物走出來。

「那、那、那那那個……」

「先撤退！寶座還放在那邊！」

莎莉之前英勇可靠的模樣不知全跑哪去，腳抖得跟初生的小鹿一樣，只能讓梅普露牽到傳送魔法陣所在的通道避難。

「冰、【冰柱】！」

她還造出一整排冰柱暫時封鎖通道，緊抓著坐上寶座的梅普露癱在地上。

「通路太窄，糖漿沒辦法【巨大化】……現在又不能用【獵食者】，不死系又不怕毒……」

梅普露的結論，是只能利用能夠死守通道的地利，靠【機械神】的武器來攻擊。用【冰柱】堵塞通道，等消失以後所有的不死怪物就會一口氣淹進來。

「糖漿，【紅色花園】【陷落大地】！」

梅普露的射擊不至於秒殺怪物，那就要盡可能延長它們抵達陣地的時間。於是用糖漿的技能提升傷害，再改造地面讓它們不易接近。

「莎莉妳就隨便丟幾個魔法吧！這次只要直直丟就好，應該會打中啦！」

「嗯……」

莎莉用圍巾把頭團團包住，閉眼貼著梅普露坐下並轉向大廳。

不久後【冰柱】消滅，不死怪物咿咿嗚嗚地湧進通道。魔王似乎是在最後頭替怪物

們提升能力，想打倒它就得先突破這道死靈之壁。

「【開始攻擊】！」

梅普露的武器噴發怒火，從前方依序轟飛不死大軍。然而無法一擊打倒，不死怪物即使腳被【陷落大地】絆住，也真如「跨越前人屍體前進」這句話那樣不斷接近。

「【颶風術】【火球術】！」

莎莉也隨便施放魔法。儘管是最低等，但總比沒有強。

「唔～愈來愈近了耶～」

「真、真的嗎！」

「糖漿，【大自然】！」

糖漿以技能喚出巨大藤蔓，以其質量打飛不死怪物。或許是因為數量多，這次的不死軍團沒有只能以魔法殺傷的棘手類型，梅普露可以確實擊破。

「【激流】！高、高高【高壓水柱】！」

莎莉也射出大量的水，和糖漿的藤蔓一起拖延不死軍團。要是讓它們過來摸到莎莉，就算沒傷害也會讓她變成廢人。

「嗯嗯，感覺傷害還是不太夠耶。」

梅普露思考該如何補強，想到一個怎麼讓莎莉加入戰局的方法。

「啊，對了！這樣莎莉應該也能幫忙殺怪！」

「咦！要、要要要做什麼？」

梅普露對怎麼樣都站不起來的莎莉說出計畫。現在和平常完全顛倒，莎莉在這種狀況下思考能力極為低落，沒有想戰術的餘力。

「知、知道了。朧，【影分身】！」

隨技能發動，莎莉的分身出現在通道裡。莎莉無法自由操控分身，不能讓她不時離開【獻身慈愛】的範圍，避免梅普露受到不必要的傷害，但現在無關莎莉意識這點反而重要。

單純模仿莎莉外貌的分身手腳俐落地衝向不死軍團，開始攻擊。

「喔喔～莎莉在跟好兄弟對打耶……」

分身具有一定戰力，無論本尊是什麼狀況都會不停攻擊。平時很容易因為ＨＰ低而消滅，或是跑太遠而保護不到，如今卻因為滿滿的不死軍團湧入通道而被迫留在【獻身慈愛】的範圍內，有梅普露在就是無敵戰士。

「加油～！」

四個莎莉穩穩地撂倒不死怪物。只要有有效攻擊手段，這些雜七雜八的不死怪物根本不足為懼。

「如果數量是固定的，全部幹掉就行了……是怎樣呢？」

梅普露暫時將殺怪工作交給莎莉分身以節省彈藥。莎莉本尊每當【冰柱】【高壓水

柱】【激流】冷卻時間結束就立刻重放，死命拖延不死軍團。

其實莎莉的【操水術】可以很有效地推回試圖接近的對手，用得好還能替自己加速，範圍又廣，閉著眼睛也能打出不錯的效果。

「怎、怎麼樣，梅普露？」

「不錯喔！保持下去～！」

在梅普露的聲援下，分身花了點時間擊破數量是好幾倍的不死軍團，梅普露的視野終於開闊起來。

分身直接奔向魔王，跑出【獻身慈愛】的範圍，在距離魔王沒幾步的位置就被它放射的黑焰擊中而瞬間消散。

「啊～！不要跑出去就顧得住的說……不過還是謝謝啦！莎莉的表現太精彩了。」

「感覺好複雜……只剩魔王了？」

「嗯！目前看起來沒有再出小怪的樣子。」

或許是因為【天王寶座】效果涵蓋了整個大廳，魔王沒有使用特別厲害的技能，只是想將她們納入攻擊範圍之內而慢慢逼近。

「魔王會自己過來，到我這邊來就可以開始打了，只是……」

梅普露也不能隨便離開寶座。要是起身時對方剛好使用召喚不死軍團的技能，前面的努力就全泡湯了。

這麼一來，最好的做法就是暫停射擊，等魔王靠得夠近再開火。

魔王是等到分身很接近了才使用黑焰攻擊，可見它八成會走進通道裡來。

梅普露猜得沒錯，一身枯骨喀喀作響的魔王一路走到距離她只有幾步的位置。離這麼近，就能用【陷落大地】阻止它移動了。

「來了嗎？來了嗎？」

「嗯，離得很近了。」

「趕、趕快打死它！馬上打死它！【冰柱】！」

莎莉在魔王背後製造【冰柱】斷絕退路，這時梅普露終於啟動武器。

「這樣就沒人妨礙我射它了！」

「在它過來以前打死它……」

「那當然！【開始攻擊】！」

魔王的身體被梅普露的槍彈不停射穿，在莎莉瞎丟的魔法滿天亂飛時，失去了所有ＨＰ，那死去的身軀總算是完全消滅。

『恭喜您取得新技能【至魔之巔】。』

兩人在擊敗魔王的同時收到這系統訊息，再等了一會兒也沒見到怪物出現。

「打完了嗎？」

「沒、沒了？沒機會挽回顏面了……」

說要練互相搭配而邀梅普露過來，結果最後卻是這樣收場，實在很沒面子。

莎莉解開纏在頭上的圍巾，一副話都說不清楚的樣子，在魔王之前的位置和梅普露的臉看來看去。

「可是妳也很有表現喔？最後幫了很多忙呢。」

「可以解決得更俐落點就好了……」

「還是有互補的感覺喔！」

兩人這次是來測試合作的力量。就這點而言，莎莉和梅普露完全彌補了對方的弱項，可說是配合得很漂亮。

「這樣說也對啦……怎麼樣，我這個搭檔有合格嗎？」

梅普露對這麼說的莎莉滿面笑容地豎起大拇指。

「那當然呀！打鬼王的時候妳那麼厲害，我都想問我有沒有合格了呢！」

「呵呵，要是妳都不合格，就沒人能跟我搭檔嘍。」

「咦咦～？這樣啊。」

「嗯……就是說妳強成那樣的意思啦！」

「嘿嘿嘿。啊！對了，有拿到新技能嘛。」

「這次我們都有拿到耶。我看看……」

【至魔之巔】
所召喚的怪物能力值升為1・5倍。

敘述很短，寫的是單純又強力的效果。

「很有第七階的感覺……是常駐技能，又沒有壞處的樣子，真的賺到了。」

「讚啦！糖漿要變得更強了！」

「從這個內容看來，應該不只會強化到魔寵。如果是自己叫出來的就有，那【獵食者】也會吧？那個打得還滿痛的。」

「對喔！大家都會變強耶～」

「對我也不是沒用，可是對朧的【影分身】就不行了吧。」

「因為不是妳叫出來的嘛。」

「就是這樣。不過這很有用的樣子，我研究一下好了……呼，最後一波讓我整個人都軟了，今天就這樣了吧。」

「嗯！」

拿到強力技能的兩人就這麼心滿意足地離開地城。

第四章　防禦特化與瘋狂特訓

和梅普露打完地城後，莎莉深坐公會基地的沙發，雙目緊閉表情凝重地思考。

「怎麼啦？難得看妳這麼有心事的樣子。」

「奏？嗯，是沒錯，有點難搞……」

「在想下一次ＰＶＰ怎麼辦嗎？聽說妳拿到新技能了嘛。」

不僅是梅普露和莎莉，結衣與麻衣也獲得了新的力量。結衣與麻衣今天也在野外活蹦亂跳地揮舞八把巨鎚，賺擊殺數的同時讓身體習慣這截然不同的戰鬥型態。

「你那邊怎麼樣？」

「我現在是一邊收集魔導書，一邊觀察其他公會吧。【thunder storm】那兩個跟妳說的一樣，不曉得是用什麼魔寵。」

奏的戰鬥力會隨只能使用一次的魔導書而變化，除此之外並沒有太特別的技能，不適合為了升級而反覆戰鬥。基於這個緣故，奏主動將時間用在觀察其他玩家上。

「這樣啊。知道以後就能擬定對策了。」

「不過她們滿好玩的。招式那麼華麗，很容易知道她們人在哪裡。」

有薇爾貝和雛田在的地方就會落雷滿天、寒氣繚繞，有時還會有東西飄在半空中，顯眼度不輸梅普露。

「下次我去看【Rapid Fire】好了。」

「嗯，希望有好消息。」

「這個嘛，就請妳酌量期待我的好消息嘍。」

然而如此對話時，莎莉仍始終是一副心事重重的樣子，讓奏有點在意。

「嗯～有需要的話跟梅普露商量看看吧？改天見嘍。」

奏說完就揮揮手走出公會基地了。

「跟梅普露商量啊……」

莎莉又苦惱了一會兒，最後下定決心猛然站起。

隔天，現實世界放學後。理沙收好書包，閉上眼大口吐氣時，楓來到她身旁。

「理沙我們回家～！」

「今天我想去逛一下遊戲專賣店。」

「咦～！出新遊戲了嗎？」

「沒有啦，不是那樣……」

看到理沙有口難言的樣子，楓歪起了頭。

「有空的話……可以跟我來一下嗎？」

「……？當然好哇！」

理沙平常推薦遊戲時都是迫不及待的樣子，讓楓覺得不太對勁，但仍陪在她身旁來到目的地。

「來過這麼多次，我都記住怎麼走了呢。」

「是喔，那妳可以偶爾自己來逛逛，這樣也滿好玩的。」

「哈哈哈，我也不知道什麼遊戲好玩，會變成只是去看看而已。」

「這也有它的樂趣吧？」

包裝就是遊戲的賣相，重點是讓人看看美術設計，讀讀說明文就會覺得想玩。光是到處隨意逛逛，拿有興趣的遊戲起來看，就是一件很有意思的事。

但也因為這個緣故，平時腳步總是隨著接近遊戲專賣店而加快的理沙，今天腳步特別沉重。

「理沙，妳還好嗎？」

「咦，嗯……我沒事。」

即使看起來不像沒事，理沙仍堅持她不需要回家，楓只好擔心地跟著進遊戲專賣店。

「妳是想找什麼嗎？」

「嗯，就是……」

理沙慢慢走到某個展示架前停下。

「咦！」

楓簡直不敢相信她的眼睛。架上陳列的遊戲無論從名稱還是包裝，都活脫脫是恐怖遊戲。

「妳、妳認真？」

「嗯。我、我我我我覺得這樣下去不是辦法。」

在近期的戰鬥提供不了戰力，又完全無法探索第六階，連其他階層有同類怪物出沒的地點也都無法接近，這些害處終於讓她想試圖克服弱點了。

「我勸妳最好不要，晚上會睡不著喔？」

「唔……」

恐怖遊戲和一般遊戲的恐怖區域可不能相提並論，連遇到後者都會心靈創傷的人，那實在不是能夠輕易嘗試的東西。楓和理沙做了那麼多年的朋友，見過她下這種決心很多次，而結果除了落荒而逃還是落荒而逃。

「如果妳真的想改，那我也不會阻止妳……嗯～可是……」

楓對前幾天那個第七階地城記憶猶新，結果如何已經心裡有數。經過片刻苦惱，考慮過各種問題後，理沙說出她的決定。

「我、我要改！這次我決定一定要改了！」

「那妳有想好玩什麼嗎？」

理沙接著拿起一款遊戲。

「VR的？真的行嗎？」

電視螢幕裡的恐怖畫面，和親身體驗恐怖情境完全是兩回事。現在理沙處於激動狀態，說什麼都要成功，所以覺得真的有希望，可是在楓看來每次都是這樣。儘管如此，既然理沙都斷言要改了，唯有結果才能潑她冷水。

「這個至少可以兩個人玩……」

「咦？啊！不要拖我下水啦～」

「我、我我當然是打算一個人破關喔？可是……那個，妳懂的？」

「吼～好啦。妳能撐到最後嗎～」

「能趕上『NewWorld Online』下次活動就好了啦。」

「希望這次能順利。這裡寫非常恐怖喔？」

楓並不會特別害怕恐怖遊戲，從理沙手裡接下遊戲看背面說明。

「那我去付錢嘍……呼……好。」

理沙留下這句話，深呼吸放鬆後走向結帳台。

「那妳加油吧！」

「嗯、嗯。」

都說要一個人破關了，總不能這麼快就請求支援。理沙提著裝了遊戲的袋子不停為自己打氣。

「破關以後告訴我喔！」

「嗯，今天先進遊戲看看。」

理沙當然不可能一晚破關，但好歹能跑一些劇情。儘管支援雙人遊玩，基本上還是單人遊戲。

明天還會在學校跟楓見面，到時候再講玩到哪裡就好了。

兩人走過回家的路，在老地方分頭各自返家。幾步之後，理沙直盯著手上的袋子看，臉上滿是忐忑。

「我行的我行的……都下定決心要克服了……」

雖然有回家就開始的想法，但卻不像平常趕著回家打電動，腳步反而更沉重了。

「我回來了～」

理沙回到自己房間，放書包換下制服，取出那個恐怖遊戲擺在桌上。

「總之……吃完晚餐再來。」

遊戲需要不短的時間才能破關，理沙便不去碰它，先處理今天的回家作業。

「知道訣竅就不怎麼難了嘛。」

只要專心就能輕鬆解決，理沙寫得是得心應手。即使對自己為何能發揮專注力有那麼點疑問，但她還是裝作不在意，將時間消磨掉。

如此東摸摸西碰碰之後，天色已經完全暗下，一樓喊人吃晚餐了。理沙正好寫完作業，出房間到一樓去。

用完晚餐，理沙洗過澡又回到房間。平時這時候的她都會開遊戲起來玩，可是準備到一半，她想到某個散發強烈存在感的東西。

「……呃，我會玩啦……真的會玩啦……」

話雖如此，她還是拿起又放下，時間分秒流逝。

「哎喲，晚上玩實在有點……明天回來就直接開吧。嗯。」

理沙做出這樣的結論，今天就此擱置恐怖遊戲，開始玩其他的。

◆□◆□◆□◆□◆

隔天，理沙同樣起床上學，在路上看見楓而跑過去。

「楓，早安呀。」

「早安呀，理沙！」

兩人在通學路上邊走邊聊時，楓突然提起那個話題。

「那個遊戲妳玩了嗎？」

「嗯，那個，還沒……」

搬出寫作業很忙、找不到時間等藉口後，理沙的眼飄向一旁。

「……我看妳還是來陪我玩好了。」

「吼～我就知道。好哇～什麼時候？」

理沙覺得如果再拖下去，她恐怕永遠不會去碰它，便決定今天就玩。

「知道了，那就今天放學以後喔！……我不需要帶東西過去吧？」

「嗯，我那邊夠兩個人玩。」

「到時候就開開心心……？地玩吧！」

這次理沙的目的可不是為了開心，雖然是兩人一起玩，楓還是覺得怪怪的。

「話說我也沒玩過恐怖遊戲耶，妳家都沒有……」

「哈哈哈……妳也不會主動說要玩恐怖遊戲嘛。」

楓基本上不會主動買遊戲給理沙玩，除非是理沙推薦的遊戲，不然都不會去碰，沒玩過恐怖遊戲是當然的。

「真的很恐怖嗎？」

「不曉得耶？就這方面我一點概念也沒有。」

理沙對這方面也沒經驗，沒法像平常那樣分析說什麼是怎麼樣。

「那就是新體驗的樂趣了吧。」

「樂得起來……就好了。」

「啊……對喔。」

兩人相約今天放學後見，並走完這條剩下一半的通學路。

◆□◆□◆□◆□◆

放學後，楓依約來到理沙家。

「我回來了～」

「打擾了～」

兩人一進門就直衝理沙房間。在理沙想來想去又回到原點下定決心的情況下，她滿懷鬥志爬上樓梯。

「我準備一下，等等喔。」

「好好好～」

楓在理沙背後乖乖地等她準備好，見到兩組ＶＲ器材擺在一起。

楓拿起一組，再次向理沙確定那是怎樣的遊戲。

「那個，是會被鬼追沒錯吧？」

「嗯。我們會掉進異空間裡，在逃跑的過程中還要解謎這樣。」

「嗯嗯，好像在打地城喔。」

「是、是嗎？……也對啦，這樣想可能會比較輕鬆。」

遊戲盒背面放了幾個場景小截圖，看起來像是醫院。

「如果場景是平常不太會去的地方就好了……」

就算出了什麼事而害怕那種地方，只要平常不會去就幾乎沒影響。說要克服缺點的人搬出這樣的理由似乎頗為消極，但這畢竟是她從至今的挫敗學到的教訓。

「那可以開始了吧？跟之前一樣，玩到第一個段落！」

「嗯……開始吧。」

兩個人和平常一起玩遊戲時那樣，以第一章結束為目標而進入虛擬空間。

不久後睜開眼睛，前方是幾張破舊的桌椅和黑板，窗外黑得像潑了漆，房間裡似乎有不知來源的光線，維持陰暗狀態。就楓看來，這裡是學校教室，自己坐在椅子上。

「不是醫院嗎？」

「……？……？？」

楓對坐在身旁的理沙問，而理沙也只是疑惑地歪著頭。

「總之先看看有什麼東西吧！」

「嗯，說得也是……」

不枉是遊戲空間，道具的位置有強調出來，防止玩家因光線不佳而錯過。楓很快就發現眼前桌上經過強調的紙是道具，拿起來看。

「呃……嗯嗯，我們一醒來就跑到這裡來了，不曉得怎麼逃出去。雖然感覺很陰森，但還是得設法找路出去……會不會還有其他人啊？」

「可能有吧……」

天不從人願，遊戲竟以學校為舞台，理沙已經全身都散發出想放棄的味道。

「那我們就只能到處找線索了吧！」

「嗯，希望不會遇到鬼……」

即使是第一章——不，正因為是第一章，不可能不嚇嚇玩家。理沙用力祈禱著，被楓牽出教室。

首先得看看周圍有沒有危險。楓稍微拉開教室門，探頭查看兩側。左右都是陰暗的走廊，沒有一絲聲響，不像有東西在移動。走廊很暗，看不清遠端，無法肯定。

「看起來還算安全？」

「沒東西嗎……？」

「大概吧……我也沒辦法確定。」

平時楓都會用【機械神】的武器或【毒龍】亂轟一通，在確認敵人存在的同時轟炸一波，但這裡可沒有那麼凶猛的火力。

「從哪邊開始走？」

「比較不危險的那邊……」

「嗯～那就右邊！」

死窩在教室裡也不是辦法，楓說右邊就往右邊走。學校就是學校，走廊邊是一整排教室，不過大部分都像是被卡住了，拉不開門。

「是以後才讓我們開嗎？咦？」

楓往門上小窗往裡頭窺探，發現一個女孩坐在課桌邊。

「理沙理沙！裡面有人耶！」

理沙也戰戰兢兢地睜開一眼，跟著楓往小玻璃窗看進去。

就在這時，低著頭的女孩忽然抬頭看來並消失不見，緊接著一隻手帶著音效和尖叫拍在小窗上。

「哇！」

「咿嗚……」

楓見到女孩那張死白臉上對比鮮明的全黑眼珠像剛才那樣注視她們，覺得這裡不宜久留便抓起手把癱坐的理沙拉起來。

「我、我們還是快跑吧！」

「……」

楓就這麼牽著半恍神的理沙順著來路回去，還邊走邊往後看，沒有像是幽靈的東西追來。

「呼……ＳＡＦＥ。嚇死我了！」

有驚無險地逃脫，讓楓暫且放心地摸摸胸口。

「我們的速度不會很慢，大概不會太難跑吧！」

相較於樂觀地設想下次遭遇的楓，理沙萎靡得都快哭出來了。

「那個，還行嗎？」

「還、還行……繼續！」

她豁出去了似的扯開喉嚨，強行打起精神，伸直快軟掉的腿，深呼吸逼自己冷靜。

「我、我我我已經決定要克服弱點了！」

也許是有楓在吧，理沙總算是站了起來。其實別說站，光是敢開遊戲也是楓的緣故。

「知道了！那換左邊吧！」

「唔、嗯……呼……好。」

楓牽著理沙往左走，查看各教室裡有些什麼。途中發現幾張現之前那種提供方向的紙條，暗示想活下來必須逃出這裡，還有一部分道具的使用方式，以及有用的東西。

「啊！理沙妳看妳看，手電筒！」

楓開開關關展示能開，理沙也一樣檢查能不能用。

「這樣調查起來就方便了。」

「嗯，有燈比較安心……」

兩人拿手電筒在教室裡照了一下，忽然感到走廊上有東西接近而立刻關燈。視野右上角出現心電圖般的圖示，隨著那東西接近，圖示的振幅也如偵測器般加大。

「「…………」」

安靜躲在講桌底下一會兒後，心電圖的振幅逐漸趨緩，最後消失。

「呼～好像躲過了！下次開手電筒的時候要注意一點了。」

紙條上說，剛才她們遇見的幽靈會在學校裡遊蕩，需要在躲避的同時找出脫逃的線

索。雖然畫面非常接近現實，但這總歸是電玩遊戲，有設計讓她們能徹底躲避的機制。

然而開燈容易被鬼發現，有些東西不開燈就找不到。

「先把這層樓看一遍吧！」

「嗯……」

「哈哈哈，好像跟平常顛倒了。」

平常都是熟悉遊戲的理沙決定行動方針，但換作恐怖遊戲就不同了。不過楓看著理沙玩了這麼久，多少也學了些那方面的能力。

「是啊……我都自身難保了……」

「哼哼～偶爾就交給我來帶吧～！」

「嗯，拜託妳了。」

藉心電圖確定教室外沒有幽靈後，兩人悄悄離開教室，到其他教室搜尋出路。不過這學校也有三層樓，相當地大。幸虧取得的道具和地圖等機制，都跟「New World Online」存取道具欄的方式很接近，不會妨礙到她們探索。

「理沙，這邊！」

搜了一會兒，楓發現感應器出現反應而急忙關閉手電筒，帶著理沙找地方躲。

「被發現了嗎……？」

「不要發現我們……不要發現我們……！」

理沙緊閉眼睛聽天由命，會怎麼樣都不想管了。身旁的楓仍想盡可能觀察狀況，不久見到幽靈從她們躲藏處前經過，遠去以後才鬆一口氣。

「呼～好緊張喔！原來恐怖遊戲是這種感覺！」

「……嗚嗚。」

不擅長這類遊戲的理沙已經被反覆的緊張和放鬆搞得快癱了。

「搜完下一間教室就休息吧？已經玩很久了，學校搜起來又好像會很久……」

兩人只是將二樓幾乎搜完，一、三樓都還沒碰過。雖然起初是以完成第一章為目標，可是理沙都靈魂出竅一半了，總不能逼她玩下去。

「嗯，就這樣吧？就這樣吧？」

「那就決定嘍！二樓沒去過的只剩美術室了！」

兩人躲著幽靈趁隙移動，順利進入美術室之中，開手電筒找有用的東西。

「哇塞，好多畫布喔。」

「有什麼嗎……？」

「有石膏像、畫布和顏料……嗯～啊！」

「怎、怎樣？」

楓牽著動不動就閉眼睛的理沙往標示道具的位置走去，發現一把有掛牌的鑰匙。

「啊，是個很明顯的線索耶！呃……理化教室？」

鑰匙一進楓手裡就自動跑進道具欄存放。目前只找到這把鑰匙，表示理化教室理應是下一個目的地。

「理化教室不在二樓，剛好這裡也搜完了呢。」

「那就存檔關掉吧？」

地圖上設有幾個存檔點，來美術室之前才剛存過，再回去存就能結束今天的探險了。

「那妳跟好，不要跌倒喔。」

一直閉著眼睛的理沙抓住楓伸來的手，感到終於告一段落放下懸著的心。

楓開始前進，理沙也跟著踏出一步，同時感到另一隻手被一團涼涼的東西包住。

「咦……？」

理沙不禁轉頭，看見一個穿制服的少女。那涼涼的東西，是她半透明的手。

「不要走……不要走——！」

幽靈眼睛流出黑色液體，用兩隻手抓住她。理沙像是冷不防被嚇到恐懼容量爆表，甩都沒甩就軟趴趴地癱坐下來。

「唔咦！怎怎怎麼了！理沙！」

剛起步就聽到背後突然傳來陌生的聲音，回頭想扶起理沙，結果眼前直接染成一片黑，隨後出現ＧＡＭＥ　ＯＶＥＲ字樣。

當視野復原，位置和道具都恢復成進入美術室前的狀態，表示系統自動讀取了最新的記錄。

而理沙則是一語不發地腿軟癱坐，顯然沒力氣再闖美術室。

「結束吧！」

楓下了決定就叫出選單結束遊戲，一起返回現實世界。

回到現實世界的楓摘下ＶＲ頭盔，回顧恐怖遊戲初體驗。由於是ＶＲ遊戲，有種鬼屋加強版的感覺，雖然有嚇到，但整體探索過程還算緊張刺激。

「理沙～？」

楓替理沙摘下頭盔，和一臉憔悴的她對上眼。

「楓……」

「怎樣？」

「我不要……克服了啦……」

見到理沙兩眼含淚，有氣無力地如此呢喃，楓甚至有種不出所料的踏實感。

「吼～！我就知道會這樣！從以前每次說要改結果都這樣！」

「還要玩的話……我送給妳。」

「嗯～不需要吧。像妳那樣同時玩其他遊戲還滿累的，而且後面還很長的樣子。」

「那好吧……對不起喔，拉妳陪我玩。」

「不會啦，以前都沒玩過，滿新鮮的。話說我差不多該回家了。」

不常玩遊戲的楓要一面注意幽靈行蹤，一面帶著腳步異常沉重的理沙一起探險，實在是很花時間的事，天都完全黑了。楓拎起書包，確定沒東西忘記帶走。

「嗯，再見。」

「再見！啊，對了……妳什麼時候要打電話過來？」

「咦？啊……」

楓料到她今晚恐怕睡不著，便事先問幾點來電。之前也發生過第六階那時那種事，從遊戲裡的反應看來，這次也不會例外。

理沙也聽出楓的言下之意，羞得忸怩起來，但也不敢說不打，擠出聲音回答：

「大、大概十點……」

「ＯＫ～！」

再次和理沙告別後，楓打道回府。獨留房裡的理沙趴倒在桌上，兩手猛抓頭髮。

「丟死人了……啊～笨蛋……」

雖然每次挑戰都後悔，在開始前她還是會有自己辦得到的感覺，反而更懊惱。

「再也不碰了，不碰了！」

理沙看著恐怖遊戲的盒子，這麼告誡自己。

第五章　防禦特化與不可輕忽的人們

楓和理沙挑戰恐怖遊戲後幾天，長期活動即將過半時，活動怪的累計擊殺數已經快達成目標了。

「喔～比想像中快很多耶。」

「是啊，材料也沒有很難打，差不多夠了。」

「結果我都沒什麼打，活動就快要達標了呢。」

克羅姆、伊茲和奏三人看著擊殺數，心想再來交給動作積極的大型公會，自己量力而為就能在終點前達標。

「那我就跟先前一樣，去觀察其他公會嘍。」

「喔，偵察啊？」

「【Rapid Fire】那兩個聽起來也滿有意思的，想去看一下。」

「他們都很強喔。能挖到情報的話，對PVP一定有幫助。」

「就是說啊。那就有事再聯絡嘍。」

「好，需要什麼就隨時告訴我喔。」

「嗯。啊，話說之前莎莉不知道在煩惱什麼，我在想是不是ＰＶＰ的事，可是沒有多問。有看到她的話，麻煩幫我問一下。」

「好，知道了。」

「我會記住的。」

奏在魔導書和湊的【擬態】幫助下，可以很有彈性地應付各種戰況。雖然等級並不高，也可以因為關鍵技能而成為戰略核心。由於奏十分依賴【神界書庫】和裡頭的魔導書，在第七階地區戰鬥起來很難不去使用。為了篩選必須保留的魔導書，很需要公會成員分享資訊。

離開公會基地後，奏今天也是去蒐集莉莉和威爾巴特的情報。前腳走了沒多久，梅普露和莎莉也來到公會基地了。

「哎呀，你們剛好錯過了呢。」

「對呀，再等一下就能直接問了。」

「……？你們在說什麼？」

「沒什麼，就是奏看莎莉好像很煩惱ＰＶＰ的事，託我們問問看這樣。」

「莎莉，妳有印象嗎？」

「我上次遇到奏的那天……啊！」

忍不住大叫的莎莉倉皇唔嘴，咳兩聲裝鎮定。

「還、還好吧？」

「沒事，什麼都沒有。我在煩惱別的事，害他誤會了。不好意思喔。」

「啊……嗯嗯。」

梅普露察覺當時她在煩惱什麼，自個兒點起頭。不過莎莉給她一個別說出去的眼色，她也就不多嘴了。

「那就好。既然是煩惱別的事，多問也不好。」

「呀，不好意思喔。我會再轉告奏的。」

「好，那就麻煩啦。」

看著克羅姆和伊茲回頭聊原本的事，梅普露悄悄問莎莉：

「妳在煩惱恐怖遊戲的事？」

「討厭！……不要對這種事這麼敏感啦。」

經梅普露一提，莎莉難堪地垂下眼睛，拉高圍巾遮住嘴巴。

奏離開公會基地後依照預告，去查看【Rapid Fire】那兩人的狀況。莉莉和威爾巴特都會在固定時間和固定地點練習射擊似的打怪，即使有這麼多廣大的階層也很好找。

「【thunder storm】那邊都沒有新消息，希望這邊能找到有趣的東西。」

為避免路上遭怪物偷襲，奏叫出湊，和莎莉一樣騎馬穿過野外。

只要讓湊擬態成奏，戰鬥時就不用擔心消耗魔導書了。所以除了重要事件或魔王戰，他現在基本上都靠湊來戰鬥。

奏來到先前梅普露她們觀察莉莉和威爾巴特的地點附近，下馬倚著樹坐下，用雙筒望遠鏡確認他們的身影。

「那個準度跟人家說的一樣……而且威力也好猛喔。看樣子我最好連靠近都不要靠近。」

威爾巴特就連天上到處飛的怪物都一箭未偏，難怪有必中之稱。而且威力高到一箭斃命，普通玩家冒然上前只會變成蜂窩吧。

「想接近就只能來硬的了。需要好技能跟【AGI】呢。」

要是正面跑步接近，對方八成會跑開。莎莉說得沒錯，怪物爆散的慘狀顯示攻擊力高得異常，但從他細密的腳步和攻擊迴避時的敏捷度來看，並不是結衣與麻衣那種極端點法。

有射程，有攻擊力，移動速度也有正常水準，單純就是強一個字。想打亂他的節奏並不容易。

「而且還有莉莉跟著……嗯～沒有破綻耶。」

【Rapid Fire】這兩人各方面都十分完備，在互相支援之下堅若磐石。

威爾巴特擔任攻擊時，有重質不重量的一擊必殺；莉莉攻擊時，則是以壓倒性的物量強迫對方以寡敵眾。有搭檔專注於支援，就難以趁隙給予意外攻擊，所有能力都有高水準表現。

奏一手解著伊茲做的解謎玩具，遠遠觀察他們是否叫出魔寵，有沒有使用不曾用過的技能，不久後發現兩人停止射擊練習朝他走來。

「喔喔！今天又來了個有趣的人物耶。」

「不好意思，莉莉說什麼都要過來，我拉不住她。」

「哪裡，我才不好意思，做這種跟偷窺一樣的事。話說你們還真厲害……我應該離得很遠了耶。」

原本隔了段用伊茲做的高性能望遠鏡才終於能看清的距離，很難想像他們用肉眼就發現奏的存在。

「哈哈，我們家的威爾比較特別喔。」

「我個人是不方便說太多……不過沒錯，我看得很清楚。」

這下傷腦筋了，奏不禁搔頭。看來莎莉的感覺不是錯覺，威爾巴特的某種技能或道具，讓他的搜敵範圍等同於最高級工匠製造的望遠鏡，甚至更遠。

「哈哈，想偷襲好像只會白費力氣呢。」

「呵呵，就是這樣。不錯喔，我喜歡不找藉口的人。」

莉莉表情充滿自信地說。他人即使能對威爾巴特的能力有一定了解，也頂多只有模糊概念，難以架構出完美對策。如此一來，她是認為自己穩贏才會是這種態度。

「我是來偵察一下的啦，你們兩個在我們公會都是重點人物。」

「這樣聽起來有點不好意思耶……」

「哎喲，我沒有惡意啦。事實上也是這樣沒錯吧。」

「你自己猜嘍？」

「太冷淡了吧，莉莉。這時候應該承認啊。」

「啊，離題了。那你有得到有用的情報嗎？」

「是這樣的嗎……？」

「就只有確定你搜敵範圍和射擊能力真的很厲害吧。」

「這樣啊。不過說起來，有這兩樣就萬無一失了。這樣別人就一點辦法都沒有了，不是嗎？」

「是啊，至少我會很吃虧。」

「對上威爾只有很吃虧而已啊，你也不能小看嘛。」

若不替以後著想，奏狂砸魔導書是有機會贏，但還是有可能被隱藏的能力翻轉。所以說很吃虧。

「當然，你愛看多久都沒關係。不過能給人看的，都已經秀給你們的會長看了。」

「嗯，我有聽說。其實這個偵察，有一半是我自己好奇啦。看各種技能跟用得很好的玩家，本身就是一件很好玩的事。」

「原來如此。」

「不像在騙人的樣子。嗯，我也不是不懂啦。」

「那麼如果你們還要繼續的話，我也就繼續看下去嘍。看你們把怪物一隻隻射下來也滿痛快的。」

「這樣啊。可是很抱歉，我們今天要在這裡結束了。」

「哈哈哈，不需要道歉啦。是我自己要跑來看的。而且要我別再看下去還比較自然呢。」

無論如何，他們今天到此為止，奏也準備觀察其他公會的玩家。

緊接著，附近傳來嘩啦啦的水聲，三人一起望去。所見之處的地面噴出水來，比水窪大得多，讓直徑十公尺地面泡在水裡。

「嗯？那什麼？你們的技能。」

「不，我什麼都沒做。」

「我不記得我們公會的人有這種技能，當然我們也沒有。」

附近看不見其他玩家，且水又令人聯想到這次活動，於是莉莉問：

「威爾，先前打倒的鯊魚、章魚、鰻魚那些有這種前兆嗎？」

「應該是沒有。關於技能方面，我們應該也沒遇過會用這種技能的怪物。」

「好，再等一下看看。奏，可以留下來幫我們嗎？不曉得會發生什麼事。」

莉莉從水的規模預測會有大型怪物出現，不能放過就在眼前的戰力。

「嗯，好吧。不錯嘛，沒想到會遇到這麼好玩的事。」

奏也決定留下來看狀況，三人專注地觀察水池會有何變化。只見中央出現漣漪，最後轟然一聲巨響，一條巨大烏賊跳出來浮在空中。

「喔～上次看到巨大烏賊是第二次活動耶。」

「不錯喔，管他是怎樣，是大獵物就打。威爾，我們宰了它！」

「好啊，沒問題。」

「現在不是在水裡，我也變強一點了，應該有得打吧。」

奏在第二次活動是突然傳送到水裡，然後被巨大烏賊秒殺。這次的烏賊不是同一隻，但仍能讓奏展現成長的成果。

三人各自舉起武器，首先是提升主攻手威爾巴特的能力。

「【王佐之才】【戰術指南】【理外之力】【賢王的指揮】【以身為糧】【忠告】！」

「湊，【擬態】。」

奏頂在腦袋上的史萊姆跳下來並改變形體，變得跟奏一模一樣，看得莉莉睜大眼睛，非常好奇的樣子。

「原來是這樣的怪物啊！雖然有聽說過，實際看到還是很神奇耶。」

「很方便喔，尤其是對我來說。」

奏叫湊取出魔導書，慷慨使用提升傷害的技能。雖然湊的版本效果較低，可是奏忽視取得難度蒐集了很多優秀技能，總合提升量也非常可觀。

「【大楓樹】能夠專門放ＢＵＦＦ的也只有我而已了，當然要稍微表現一下嘍。」

「哈哈哈……這個稍微的數字也太多了……謝謝啦。來射烏賊吧。」

威爾巴特舉起弓，將弦拉到極限，瞄準烏賊的眉心。

「【拉滿弓】【滅殺之箭】。」

帶著暗紅色特效的箭以難以目視的速度釋放，射穿烏賊厚厚的身體消失在空中。但即使烏賊猛然噴出大量傷害特效，頭上血條卻幾乎沒減少。

「喔……有意思。」

「真是想不到呢。莉莉，要換手嗎？」

「好，看我的吧。只是，對方看起來沒那麼簡單……」

威爾巴特若無法一擊殺死敵人，傷害就會明顯減少，便以【快速換裝】請莉莉擔任攻擊。

莉莉立刻召喚大量士兵，開槍射擊。然而結果如一擊必殺的威爾巴特都打不出傷害所示，儘管有所減少但稱不上有效。

「反擊要來了……！【以身為盾】！」

「湊！【增加對象】【精靈聖光】【守護結界】！」

見到觸手從兩側掃來，要一併拍扁他們三個，奏發動減傷技能，莉莉用所有召喚士兵保護他們。不過那攻擊即使遭到減輕也仍具有驚人威力，士兵在短瞬的抵抗後霎時粉身碎骨。

「超乎想像呢……【火速工廠】【重新生產】！」

莉莉發動奏不曾從莎莉那聽說的技能，士兵構成的牆一遭破壞就立刻獲得下一批的補充。

「咦～能召喚這麼多啊。」

「那當然啊。你也見識到威爾的力量了吧？想要跟他站在同一條陣線上，好歹要這樣才行。」

「哈哈，我是無所謂啦。當然戰友是愈可靠愈好。」

「可是話說回來，這樣子我也沒辦法進攻。威爾，叫公會的人過來，我們需要增援。」

「知道了，我把有空的人都叫來。」

「我也來找我公會的人。」

「那真是太好了，麻煩啦。」

「要撐到他們來是沒問題。」莉莉十分肯定地這麼說，不斷叫出大量的士兵抵擋觸手的攻擊。

「要是沒有湊的減傷，恐怕就有點難撐了。威爾和我的輔助技能都是偏重攻擊力，遇到這種情況就頭痛了。」

不過城鎮離這有段距離，臨時呼叫的增援需要一段時間才能趕到。

「我的技能也沒有那麼多喔，沒辦法一直讓它打下去。」

「已經很夠了。威爾啊，好像有意外的幫手喔。」

三人對話之中，位在稍遠處的玩家也注意到巨大烏賊出現而接近。莉莉抓緊機會，向周圍那些不知道能否出手的玩家揮手。

「這隻是突然出來的！好像要很多人一起才打得死！可以幫打嗎！」

為這不曾出現在一般野外區域的巨大怪物卻步的玩家們這才一起開始攻擊。烏賊對莉莉他們的攻擊開始分散，三人總算能暫時脫離險境。

「呼，我還在擔心什麼時候會被拍成肉餅咧。謝謝你放減傷。」

「嗯，可以看到你們這麼強的防禦力，算我好運吧。」

「我能召喚這麼多士兵，這也是當然的啦。」

「能親眼見識實在很重要，這樣就知道你們防禦力真的很高了。」

「是沒錯。」

「我們在附近的人已經到了的樣子。」

「人手是愈多愈好呢。你看，剛來的玩家被拍得那麼遠。」

一線水準的莉莉在奏和威爾巴特的支援下專心防禦都這麼勉強了，有人撐不住也是當然的事。

發現異狀而來的玩家，目前已有三分之一成了觸手的犧牲品。烏賊飄浮得要高不高，近戰武器難以擊中，很多玩家本來就不適合打這種怪物。

「用魔法比較好打，而且你們都會遠程。我們三個就加減削一點血吧。」

「要是讓烏賊又集中打我們也不好，在人手夠多以前慢慢打吧。」

「好，就這麼辦。」

莉莉再次調整士兵陣形，開始向烏賊開火。奏也使用湊的高火力魔導書持續攻擊。

「湊，【混入環境】。」

奏表示這樣比較不會被怪物攻擊，莉莉向他道謝之後加強射擊能力。

「周圍的人變多了。如果只有我們三個，就算削減仇恨也一樣是打我們呢。」

「人變得這麼多，真的是混入環境呢。」

「不過也只是變得比較不容易被打而已，打得太凶或是用了【嘲諷】什麼的還是會

被打，小心點喔。」

「我會注意的。」

若是ＰＶＰ，玩家不會受到仇恨值的限制，所以是ＰＶＥ專用的技能。

這時候，【Rapid Fire】公會的成員終於抵達，一湧而上。他們與其他零散玩家不同，以經過統整的團隊合作保護後方玩家，確實輸出傷害。

「人好像到了，這下終於真的輕鬆了。」

「可是這隻烏賊血真的好多。」

「是啊，肯定比正常魔王還要厚。如果不是設定錯誤，就是故意要很多玩家一起來打的吧。」

現在【Rapid Fire】成員攬下攻擊的工作，個人參與的玩家壓力減輕，加速傷害輸出。大型公會以公會單位召集人馬移動，吸引其他玩家跟隨，再加上莉莉他們那樣前幾批加入戰鬥的玩家所召集的玩家，一下就聚得人山人海，紮實減少莉莉他們原本覺得打不完的ＨＰ。

然而設定得這麼強的怪物可不會從頭到尾就只是揮揮觸手，行為模式開始變化。

烏賊輕飄飄地向空中抬升，朝地面噴出大量墨水。即使不在水中，墨水仍如煙幕般廣為擴散，遮擋眾人的視野。

「這……莉莉！」

「我知道！【傀儡城牆】！」

莉莉軍旗一揮，召喚的士兵就無力坍倒，重新構築成高大的城牆。藉此對前方設下防禦後，大量的水伴隨轟然巨響襲來，甚至刨削了城牆。水也將煙幕一併沖走，但煙幕已經達成了掩護攻擊的目的。

「人多了就用範圍攻擊，很正確的選擇。」

「傷腦筋了……從煙幕的範圍來看，所有人都是目標吧。」

「真想稍微打退牠，給其他人重整的機會……」

「……太好了，能製造機會了。」

兩人不解地往奏看去，奏跟著指向他那麼說的原因。在升高的烏賊更上方，有三個人影從照亮地面飄浮的烏龜背上跳了下來。

威爾巴特第一個看出那是什麼人。

「那是梅普露、麻衣和結衣？……咦，她們的武器怎麼……？」

他見到高速墜落的三人順勢將手中武器全砸了下去。梅普露的手化為觸手，勢要撕裂並吞噬烏賊，兩旁的結衣與麻衣各用八把巨鎚暴打。

有一般玩家幾十倍，破壞力甚至高於威爾巴特的巨鎚打出大得誇張的傷害特效，烏賊的ＨＰ明顯掉了一大截，才剛上浮的烏賊又被硬生生搥到地上。

◆□◆□◆□◆□◆

這時，也在龜殼上目送三人空降的莎莉、霞、伊茲和克羅姆，確認自己也在【獻身慈愛】範圍內，進行空降準備。

「八把武器好狂啊，這攻擊力要突破天際了。」

「我都有徹底幫她們強化喔。能打在武器上的【ＳＴＲ】比飾品更多，兩手都拿就升得更高了。」

雖然那費了伊茲一番力氣，但見到那傷害量讓她知道自己交出了傑作，滿意得直點頭。原本只能裝備一把而具有高【ＳＴＲ】加值的巨鎚，乘以八之後即是單純的暴力。她們還具有能使傷害倍增的技能，有這結果也是理所當然。

「不過這還真是誇張，雖然說等她們把烏賊打出空檔以後我們再下去，但沒想到真的沒有一次打死。」

「是啊，看到寶貴的畫面了。居然真的有生物撐得住那對姊妹的攻擊。」

四人各自表述對眼前慘劇的感想，也跟著跳下去討伐巨大烏賊。

攻擊力強化到不同層級的對魔王特化決戰兵器結衣與麻衣投入戰場後，戰況一口氣變得對玩家有利。

她們倆直接落在被摀到地面的巨大烏賊身上，在梅普露的保護下持續驚天動地的普通攻擊。即使烏賊挺過了第一擊，但那並不是使出渾身解數的必殺技，只是普通攻擊，沒什麼好難過的。

再度受到超高傷害使得巨大烏賊停止噴水，倖存的玩家也趁機一鼓作氣發動攻勢。顯而易見的機會，讓所有人都祭出大招加緊攻擊。而傷害特效爆得最顯眼的一群，仍是踩在倒地巨大烏賊身上的【大楓樹】一夥。

「嗯，我們公會的人真的很可靠。」

就這樣，奏等三人遭遇的巨大烏賊在玩家的大反攻之下爆散成光點消失了。

戰鬥結束後，梅普露幾個穿過各自分享感言的殘存玩家，跑到奏的身邊。

「謝啦。不好意思，臨時叫你們來。」

「不會啦，沒關係！怎麼有這麼大的烏賊啊，嚇我一跳！」

奏和梅普露對話時，莉莉也湊了過來。

「我也很驚訝，她們比我聽說的凶猛很多呢。」

視線另一端是結衣與麻衣。包含飄浮在左右的在內，總共持用八把巨鎚的模樣是那麼地突出。

「呵呵呵，這是我們特訓的成果喔！」

「這樣啊……了解。哎呀，一定是很厲害的特訓吧。」

「是啊。看到她們拿八把巨鎚出來，我都懷疑自己是不是看錯了呢。」

結衣與麻衣為習慣完全不同的操作手感，在第五階猛揮了好幾天，所以對於成天泡在第七階的大部分玩家而言是第一次見到。

也因為如此，那超乎常理的背影使得人群驚訝得到處是議論紛紛、大呼小叫。

這時所有人都收到系統訊息，說明那隻巨大烏賊是什麼來歷。

「原來如此……這次活動這麼長就是因為這個，應該沒錯吧。」

「巨大魔王出沒？」

「大概就是活動第二部，討伐團戰魔王後半戰的感覺？好像還有其他改動的地方，但重點就是這個了。」

莉莉迅速瀏覽掌握內容，莎莉也向梅普露解釋。

大致上是說活動時間還剩一半，玩家們已經成功擊殺所需數量的活動怪，下個目標就是打倒出現於各階層的巨大魔王。

莉莉等人想得沒錯，巨大魔王不是設計給一個隊伍打倒，需要眾多玩家在預定時間前往地圖所標示的地點合力討伐。出現一段時間後就會消失，需要抓緊時間調動戰力。

「魔王擊殺數愈高，活動結束後拿到的銀幣就愈多，而且還會掉特殊材料的樣子。」

「喔喔～！那還有得忙呢！」

這次出現的魔王算特殊事件，與霞第一次進入第四階城鎮最深處時類似，是在活動怪擊殺數達成最後目標時觸發。奏他們就在旁邊是純屬巧合。

「【大楓樹】也能卯起來打魔王就太好了。能打飛那麼大的怪物，這攻擊力實在是無與倫比，非常需要妳們兩個的戰力。」

結衣與麻衣聽了莉莉的盛讚都羞紅了臉。這樣的評語並不誇張，相信她們倆能為討伐戰順利結束帶來無上的貢獻。

「打怪物的話……而且目標還那麼大，應該很輕鬆吧。」

如奏所說，魔王速度並不快，難以躲避兩人的攻擊。總之這次討伐戰到此結束，敬請期待下次出現。

「沒想到可以看到她們的成長，收穫不錯。威爾，我們帶公會的人一起回去吧。」

「好，我這就去。」

「那個，下次打魔王再見喔！」

「好，希望會看到你們。再見嘍，【大楓樹】。」

莉莉說完就和威爾巴特一起離去。這個讓人覺得時間非常充足的活動突然進入後半段，梅普露等人的心也再度回到了活動上。

活動後半戰開始後，梅普露來到第七階某個寧靜的山丘曬太陽。雖然活動有了新變化，但是打團戰魔王需要召集大量人手，出現時間又是固定，有很多時間可以自由活動。有些人是像先前那樣，利用這段時間打怪收集材料。

不過伊茲說她需要的量已經夠了，儘管多存一點也不吃虧，梅普露他們也沒有必要特地去打。

「可以慢慢來真好～時間加速的活動能聚在一起玩是很好，可是好趕喔……是吧，糖漿。」

梅普露戳戳一旁糖漿的腦袋。這次活動是所有玩家一起合作，成了梅普露最能照自己步調慢慢玩的活動。

下次巨大魔王的出現時間已經公告，地點又不會太難抵達，沒有馬的梅普露只要事先騎糖漿飛過去等就沒問題了。

再來只要做好坦克的工作，保護結衣與麻衣即可。工作明確易懂，梅普露老神在在得很。

曬著曬著，忽然有道大影子遮住了光線，似乎有東西來到她正上方。往上一看，發現影子的來源稍微移了點位置，降落到地面上。

「果然是梅普露。活動打得順利嗎？」

「蜜伊！」

蜜伊跳下伊葛妮絲，坐到梅普露身旁。

「嗯！很順利喔。現在是要打團戰魔王？在那之前可以很悠哉。」

「最後打活動怪任務都已經完成了嘛。看樣子你們材料也收集夠了？」

「嗯！嘿嘿嘿，可是幾乎都是其他人在打啦。啊，不過我在怪物海地城有努力打喔！」

莎莉和霞她們清怪很快，擊殺數賺得比她高是不爭的事實。可是野外人多而改用薇爾貝透露的怪物海地城蒐集材料時，就換梅普露表現了。這是被海量怪物包圍也不怕的梅普露特有的現象。

「我們公會也囤了很多材料。雖然我打起來比較不利，但那種怪物還是沒在怕。」

「喔喔～蜜伊果然厲害！」

這次安排的活動怪幾乎都和水有關，以火焰戰鬥的蜜伊打起來效果會打折扣。不過蜜伊的火力也有所增長，即使傷害不佳也一樣能燒光小嘍囉。

「嗯，可是這次活動有點像是在為第八階作準備……也就是說我可能會很難打。」

「可能是這樣吧，好像會跟水有關。」

「本來還不曉得這次活動怪可以參考多少，可是連團戰魔王都是那種的話，恐怕就確定了～」

「在水裡的話我也很麻煩耶……妳看我不會游泳，想練也練不起來的樣子。」

「這麼說來，妳基本上不能打水中戰嘍？那跟梅普露打就是要在水裡打了……」

這樣蜜伊自己也不利，簡直本末倒置；但若將梅普露拖進水裡，她的確會打得比較吃力。

「啊，可是我還是能用爆炸來游泳喔！」

「…………？？那還算游泳嗎……」

梅普露在陸海空環境都能靠爆炸維持移動能力。蜜伊也親身體驗過梅普露的自爆加速在實戰上有多有效，只是現在想起來還真是件怪事。

「好歹也要受一點傷嘛～」

「呵呵呵，我的防禦很硬的喔～！」

梅普露能把自爆當成單純的交通手段，全是拜她的超高防禦力所賜。蜜伊也能做到類似的事，但得先保有足夠ＨＰ承受傷害，不然有生命危險，難以連發。

「我有伊葛妮絲，所以還好啦。要是沒有妳的自爆那種機動力，這次魔王這麼大就很難繞背了。」

由於這個緣故，全點型玩家極為稀少，且很難成功。除了移動力，還有ＨＰ、攻擊力等許多問題。

「我也是靠糖漿才能從上面爽爽打，如果用【獻身慈愛】保護麻衣跟結衣，她們會超厲害的喔！」

「我有聽公會的人說過。八把巨鎚是吧？真的是要把團戰魔王一次搥死嗎？」

「打大烏賊的時候感覺可以喔！」

「哇，太扯了……要先警告我們公會玩坦的人才行。」

可以正面搥死團戰魔王的超強火力，絕非常人抵擋得起。如果不夠硬，還會連人帶盾灰飛煙滅吧。

蜜伊就這麼和梅普露聊了起來。如同梅普露悠閒曬太陽，蜜伊也沒事需要急著做。想參加下次魔王戰的她，打算與梅普露一起和【大楓樹】成員在當地集合。由於有段距離，乘坐伊葛妮絲會比使用特殊方式飛行的糖漿快很多。

兩人聊起該怎麼打發這段時間時，一張熟面孔經過附近。對方也注意到她們，輕揮著手走近。

「梅普露！還有蜜伊，妳們好啊。」

「啊，薇爾貝！」

她今天似乎是端莊模式，藏起了平時精力旺盛的好戰表情，顯得穩重秀氣。見到她出現，蜜伊清咳一聲後回答：

「嗯嗯……我們應該沒直接見過面吧？」

「是啊，可是妳很有名嘛。」

「彼此彼此，我也聽說過妳的事。」

梅普露雙方都認識，一臉複雜地看她們怪模怪樣地演戲。

「薇爾貝，妳今天一個人啊？」

「雛田她好像有事……平常我會配合她，可是我實在很想看看最近解封的團戰魔王。」

在梅普露看來，她端莊的外表下充滿了「好像很強很好玩！好想打打看！」的吶喊。其實仔細看就能看出，薇爾貝說話時的表情已經藏不住興奮，透露出雀躍的笑容。

「可是那距離這裡很遠喔？」

即使能騎馬，出現預定地離此還是有很長一段距離。從薇爾貝的樣子看來，她似乎不打算在附近等待以便及時參加，讓梅普露歪起了頭。

「呵呵，反正時間還多的是。公會的人報告了一件有趣的事，所以我想先去看一看。」

「有趣的事？這附近有什麼嗎……」

梅普露回想過去的探索過程，想不到任何特別有趣的事。

「蜜伊，妳有印象嗎？」

「沒有，我不記得這附近有任何值得一提的事。」

「這樣啊，那就一起去看看怎、怎麼樣？」

差點露餡的薇爾貝用笑容掩飾，邀兩人一同前往。蜜伊早就從梅普露那聽說薇爾貝的真面目，不禁感嘆自己的角色設定為何無法自拔，目光瞬時飄向遠方。

「我接下來沒事，來得及打團戰魔王的話就一起去吧。」

「連蜜伊都不知道，好好奇喔！」

「那就說定嘍！當然是來得及打團戰魔王！我也很想打的啦！」

「「啊！」」

「啊……呵呵，我也很想打喔？」

「…………」

見到薇爾貝用笑容裝傻，讓蜜伊感到自己說不定也曾經有機會走這種路線，眼神欣羨地注視她。總之梅普露和蜜伊都決定一起去看薇爾貝說的趣事，便在她的帶領下前往目的地。

薇爾貝帶她們來到的，是一個看似平凡無奇的地城。梅普露自己沒打過，但知道有這麼一個地方。地城入口是開在山壁上的洞窟，並不是最近才發現的隱藏地城。

「就這？」

「我跟【炎帝之國】的人打過這裡，記得是沒什麼值得注意的東西……」

「等妳們到了就知道了，敬請期待喔。不過這有點運氣成分就是了。」

「看運氣的有梅普露就穩了吧。」

「咦咦！是、是嗎～總之我會祈禱的！」

梅普露祈求順利之後，三人才踏入洞窟。基本上，容易發現或抵達的地城，怪物都很弱。

有的是ＨＰ少，有的是技能少之類，而這座地城當然算不上強。

「【獻身慈愛】！」

一旦梅普露用【獻身慈愛】保護兩名攻擊手，只比過去階層強一點的改色版史萊姆或魔像等怪物就會被完全封殺，什麼也做不了。如此一來，另兩人只要想著攻擊就好。

「路上我來清，沒必要一隻一隻打。【蒼炎】！」

蜜伊放射的蒼藍火焰遍布岩壁上下左右，一路燒到通道彼端。當山洞裡的眩目火光停息時，路上怪物已經全部燒得一乾二淨。

「喔喔～！蜜伊好厲害！」

「讚喔！喔不……太棒了。我也好想跟蜜伊和【炎帝之國】對戰呢。」

「……我不想說隨時歡迎，但一旦開打，我是不會留手的。」

「這樣就對了，跟你們打是我們的榮幸，不過我們當然是不會輸的。」

【炎帝之國】比【thunder storm】更早闖出名氣，吸收了很多當時高人一等的玩家，且有不少玩家薇爾貝都想與其較量較量。要是薇爾貝加入【炎帝之國】就能天天和那些玩家決鬥了吧。

「……其實我有時候還滿羡慕妳的。」

「咦！有什麼好羡慕的啦……的呢？」

「……就先讓我保密吧，問了我也不能說。」

蜜伊一瞥薇爾貝的表情，再度燒光來襲的怪物。

「嗯～會是跟PVP或公會有關的嗎……」

在薇爾貝不著邊際地瞎猜之中，三人不斷往洞穴深處前進。

途中，蜜伊察覺異狀而忽然停下腳步。

「……以前這裡有這麼多水嗎？」

「咦？沒有喔？」

蜜伊發現洞窟與記憶中不太一樣，而第一次來的梅普露自然是不曉得。走著走著，岩壁從潮濕變成布滿了水，地面也開始出現水窪。活動怪還來不及噴水就被蜜伊燒光，可見水不是來自它們。

「看來我們運氣不錯，梅普露的祈禱奏效了呢。」

「碰巧而已啦～有遇到真是太好了。」

「所以說這濕氣……應該說這些水，是某種東西製造出來的嗎？」

「這麼快就注意到啦。我是想保密到最後一刻啦……可是妳直覺很敏銳。」

薇爾貝準備揭開謎底似的談起她們要看的「趣事」。活動進入後半戰後，變化不只是出現團戰魔王而已。

「不知道……是不是隱藏要素，總之有時候地城魔王會換成別的。」

「變成活動怪之類的嗎？」

「喔，答對了！……喔不，妳說對了。只是，是不是每個地城都會、有多少機率、會掉什麼材料……這些，都還不太清楚。」

薇爾貝也是公會成員碰巧遇上，才知道這座地城會換魔王。如她所說，目前測試次數還不夠多，但不難想像這機率並不高。

「活動剩下的時間不多了，來不及把所有地城都調查一遍吧。」

「不只地城多，也不一定每個地城都有嘛。」

這麼說來，說不定梅普露的祈禱是真的有效，她們很幸運地一次就碰上了。

「話說既然有這種變化，有空就逛逛地城或許不錯喔！」

「就是啊。比起在野外打活動怪，這樣還說不定能拿到更好的東西呢。」

「是隱藏要素的話，應該不會什麼都沒有吧。」

三人一路聊，順手殺殺怪物。到最裡頭時，水窪已經大到覆蓋整個地面，走路都會嘩啦啦響了。

「會長什麼樣咧～？」

「多半是以海水或淡水生物為主題……最有可能是放大版的活動怪那樣？」

「那我開魔王房嘍。」

「好，隨時可以開始。」

「我也沒問題！」

薇爾貝在蜜伊補回ＭＰ後開啟通往魔王房的門扉。

等在門後的，是一隻飄呀飄的大水母，顯然不是這裡原來的主人。那徜徉於空中的優雅模樣，讓梅普露雙眼一亮。

「飄來飄去的！感覺有點可愛耶。」

「可愛歸可愛，其實很強的樣子。」

「那就要全力應戰了……【炎帝】！」

「我也是。【雷神再臨】！」

梅普露兩側爆出焰光和電光。攻擊力已十分足夠，那麼梅普露要注重的只有及時應對魔王的行動。如果對方有破解【獻身慈愛】的手段就不妙了，於是她暫且按下召喚物，也不啟動武器，將意識專注於防禦。

「【焰火飛馳】！」

「【電磁跳躍】！」

「【衝鋒掩護】！」

三人各發動技能瞬時加速，逼近水母。水母伸出好幾條細細的觸手，而那也表示它主動進入了危險區域。

「【暴風之眼】【落雷原野】【閃電雨】！」

「【業火】【灼熱】！」

薇爾貝射出巨量奔雷，蜜伊釋放燒盡一切的惡火，將伸來的觸手化為焦炭。兩人的技能都有優秀的廣域殺傷力，想包圍她們的觸手就只是活靶而已。

梅普露也小心跟上，以免她們離開【獻身慈愛】的範圍，並以【流滲的混沌】給予傷害支援。

水母觸手阻礙不成，就給了她們接近的機會。軀體進入薇爾貝落雷不止的空間，蜜伊也將【炎帝】所造的火球砸過去。

ＨＰ節節減少的水母將觸手伸進浸水的地面，而薇爾貝和蜜伊見到那種會將自己固定於一處的舉動，更是趁機追擊。

忽然間，地上的淺水一下子淹到膝蓋處，且水開始形成能夠自由行動的額外觸手。

薇爾貝的落雷和蜜伊的火焰，一碰到水觸手就當場消滅。

「這樣放範圍攻擊就沒用了……！」

「那就用拳頭揍它的啦！」

原形畢露的薇爾貝再度留下電光躍入空中，然而不再被燒焦的觸手準確地追上，將她纏住。原本應該會受到水母應有的毒、麻痺和勒傷，但全都過不了梅普露這關。

「放心！沒有傷害，有毒也沒有用！」

「太好了！那我用【紫電】！【重雙擊】！」

接著薇爾貝以電擊燒斷觸手，跳起來打出沉重的二連擊，帶電的攻擊進一步削減其HP。蜜伊則是遙控【炎帝】的火球攻擊即可，不需要靠那麼近。儘管效果確實的大範圍攻擊遭到封阻令人扼腕，但她們還有很多技能可以對付這隻水母。

另一方面，水母這邊也有遭到封阻而難以施展的部分，那就是觸手攻擊。原本的設計概念上，水母是要用會造成異常狀態的大量觸手使對手動彈不得，進而單方面攻擊玩家。

這全都被梅普露破壞了。

「加油喔，蜜伊！薇爾貝！」

而她對這件事渾然不覺，還進一步舉盾加固防禦，準備施放減傷技能。

事實上，既然現在就能封鎖對方的攻擊，勝利已經是理所當然的事，用不到任何減傷技能。

水母如同其外觀，只能用觸手造成的異常狀態阻擋全力攻來的近戰玩家，但遭到梅普露封阻後就只有挨打的份。

結果就是ＨＰ一路歸零，水觸手消失不見，全身化為光而消失，留下多種材料和三隻小水母。

「比想像中簡單很多咧……啊，糟糕……是因為梅普露和蜜伊都很強的關係吧。」

「是啊，突破不了【獻身慈愛】的魔王就是這種下場。我跟她組隊過很多次，了解得很。」

「幸好有徹底顧好！那個，魔王是死掉了沒錯吧……」

梅普露戳戳留下的小水母，懷疑那是怪物。

「那不是怪物，好像可以帶回房間當擺設喔。」

也就是能夠設置於公會基地或其中自己的房間，性質上比較接近家具道具。

「喔？放水族箱裡養嗎？」

「我們公會的人是說會在天上飛。」

「會飛喔！魔王也是飄來飄去沒錯啦，而且活動怪也都是在天上游嘛。」

看來打倒魔王後能帶回迷你版當擺設，也是後半戰追加的重點之一。如果能當魔寵就更好了。

「那就一人一隻喔？」

誰也沒有異議，於是三人各收下一隻飛天小水母。

「我們公會好像還有人到處在收集這種東西耶。」

「這樣啊，我也不是不懂啦。」

「是啊！多放幾隻的話會很有氣氛的樣子！」

戰勝特殊魔王的三人就此離開地城。薇爾貝有點意猶未盡，要為接下來的團戰魔王戰養精蓄銳，蜜伊在想有沒有其他會想放在房間裡的生物。梅普露也因為這種迷你怪物是活動限定，現在不收集以後就只能乾瞪眼，計劃有空就去各個地城繞一繞。

◆□◆□◆□◆

三人地城遊後幾天期間，出現的所有團戰魔王都被揍得體無完膚。

「這樣看來，玩家真的是有夠強耶。」

「是啊。還想說ＨＰ會不會太高，結果現在好像連塞牙縫都不夠……」

官方人員正檢視著團戰魔王的能力，觀察玩家擊敗它們時的影像。宣告後半戰開始的巨大烏賊是因為處在玩家沒有準備的狀況下，打得還算不錯，之後的魔王全都被打得落花流水。而且出現地點和時間都已經預告，大量玩家在它們出場前就做好了猛烈圍攻的準備。

巨大烏賊能撐那麼久，是因為沒有一開始就遭受集中砲火的緣故。

「要想辦法讓接下來的魔王有點表現呢。」

「就是啊……兩三下就被幹掉，實在很沒有團戰魔王的樣子。」

說著，官方人員心中浮現讓魔王兩三下就被幹掉的重點玩家。他們的行動，將徹底改變戰況。即使撇開他們，各玩家在推進階層的途中發現的特異技能愈來愈多，就算單獨一人影響有限，但許多人聚集在同一處時的變化將非常巨大。

「再加強一下ＨＰ或防禦力好了。」

「是啊是啊……原本就是設計成愈來愈強，不會有突然強很多的感覺吧。」

既然要玩家用人數的力量擊敗擁有壓倒性ＨＰ的魔王，那魔王自然也得讓玩家滿意。

「原本還以為最後這隻有點玩過頭了，其實也還好的樣子。」

「等他上場吧。」

「嗯，希望他能打出一場漂亮的戰鬥……」

官方人員想到他們也對過去慘遭蹂躪的各種魔王有過同樣的企盼，心裡就湧起不安，但仍然懷抱著期待重新檢視各項數據。

第七章　防禦特化與至魔之巔

在滿載官方人員期待的最後團戰魔王出場前這幾天，梅普露都是悠悠地過。原本大多是發呆曬太陽的她，在有了尋找迷你怪物和團戰魔王等可以適度調劑的明確目標後，時間過得充實多了。現在，她在公會基地和其他人互相展示自己蒐集的迷你怪物。

「這是我第一個打到的水母，這個是海葵跟小丑魚，還有魟魚、鯊魚和螃蟹！」

梅普露一邊說，一邊將小動物一個個擺在公會基地桌上。它們就像作工細緻又會動的模型玩偶，桌面頓時成了小型水族館。

「喔～妳集好多喔，比我還多耶。」

莎莉也將蒐集品拿出來。她是因為最近從薇爾貝那聽說有些魔王以後打不到，覺得有趣而去打才拿到的，自然比不上特地蒐集的梅普露。

「擺這麼多出來還滿壯觀的耶。」

「是啊，喜歡逛水族館的玩家會很驚喜吧。」

「模型我是做得出來，不過這種會自己動的就另當別論了。」

「拜託妳不要搞生命鍊成喔……」

「是啊，我還辦不到。」

「就是搞不好辦得到這點可怕吧。」

會動的模型和迷你尺寸的生物完全是兩回事。即使是伊茲等級這麼高的工匠，也沒有製造怪物的能力，讓這些嬌客顯得特別寶貴。

「全部放房間裡好像有點太擠，想要拿幾個放大廳。」

「不錯喔，感覺很療癒。嗯～我也來找幾隻好了。」

「可是能放公共空間的話，感覺又有點少了。我也逛了很多地城，不是那麼容易出的東西。」

「我聽說機率還滿低的！」

「好像團戰魔王也會掉……我們的都是那種。」

戰勝團戰魔王時，參與的玩家都會隨機獲得材料或道具等戰利品，其中也包含迷你怪物。結衣與麻衣這對最終兵器不管打哪個團戰魔王都大受歡迎，經常離開第七階去出差，從團戰魔王拿到的戰利品甚至比部分【大楓樹】成員多，自然碰巧會拿到幾個。

「團戰魔王都很順利地全部打贏了，後半獎品都拿到的話總共五枚銀幣，到下次活動就能換技能了吧？」

「嗯嗯，那就要努力把剩下的全部幹掉了！」

特別長的第九次活動終於進入末盤，梅普露等人都勢在必得地準備收拾剩下的團戰

魔王。

而今天，梅普露自己也要往野外地城鑽。

「去哪裡好咧～」

這幾天打下來，她發現特殊地城魔王並不固定，而且就她自己感覺起來，每種出現機率還不太一樣。即使種類多到可以擺滿大廳桌面，在薇爾貝帶她去的地城就會有連續遭遇水母的情況。

「想全部集滿應該不太可能吧……」

與其拿一堆重複的，梅普露比較喜歡蒐集不同種類，今天也換個地城試試。既然要不斷重複打魔王，難易適中的地城便是上選。

「嗯……對了！就去那裡！」

梅普露選定目的地而離開城鎮，騎上糖漿往那個方向直線飛去。

來到的是需要和石像反覆決鬥的競技場。她和莎莉在這刷了好幾次，對敵人強度有一定了解。雖然一個人打時會比兩個人弱，但她確定自己一點問題也沒有。路途是一條路通到底，小怪又只有活動怪，非常適合一打再打。

「當初根本沒想到我會來這裡這麼多次……」

梅普露在洞口跳下糖漿走進去。

「【獻身慈愛】【獵食者】！」

回想起來，【獵食者】已經是很久以前取得的技能。技能本身不會升級，攻擊力在最近幾個階層開始顯得不足。但現在有了提升基礎數值的【至魔之巔】，它們獲得顯著的成長，又能打出滿意的傷害了。

「加油！」

梅普露帶著【獵食者】進入第一個擂台，與石像對戰。她還不曉得這裡的特殊魔王會有多強，必須盡可能保留技能。梅普露的傷害技能中，可以反覆使用又最持久的就屬【獵食者】了。只要能存活下來，無論攻擊幾次都能穩定地戰鬥下去。可說是【獻身慈愛】和梅普露的防禦力，讓它們得以發揮超乎預期的戰力。

兩隻蛇怪從左右兩側啃咬手持棍棒的石像，石像也揮棒反擊蛇怪，但傷害全被梅普露的【獻身慈愛】吸收，全無效果。

「好！再來等它死就行了！」

知道不會受傷以後，梅普露叫糖漿使用【紅色花園】提升傷害，等待【獵食者】咬死石像。

無力轉圜的石像有再多時間也沒用，被咬死是遲早的事。最後，第一關的石像在不屈不撓地揮舞棍棒抵抗【獵食者】的途中ＨＰ削減為零，爆散而逝。

「好～贏了！真的變強了耶！能力提升以後真的完全不一樣了。」

梅普露摸摸蛇怪慰勞它們，隨後往下個石像移動。

石像只有一座，她有兩隻蛇怪。占數量優勢的她毫無懸念地也將其餘兩座石像咬得破破爛爛。

然而來到魔王面前時，梅普露發現這次撲了個空而垂下腦袋。這裡不像之前的地城，沒有濕淋淋的地面和牆壁，和原本一模一樣。這次肯定是沒有特殊魔王了，只能一直重打到好運降臨為止。

「好～那就趕快解決掉！」

梅普露進入巨大競技場構造的魔王房中，查看一個人打的石像是什麼情況。見到的是手持盾牌和長劍的一般石像，梅普露放心地摸摸胸口。

「好～開打嘍！糖漿，【紅色花園】【白色花園】！」

叫糖漿製造有利地形後，梅普露開始迎擊舉劍殺來的魔王。那巨大的石製長劍要劈開梅普露般準確地砸在她頭上，但兩者碰撞之後長劍的刀刃卻無法切進她身體分毫。若無法突破她的防禦力，外觀再巨大也只是紙老虎而已。

「然後【全武裝啟動】【開始反擊】！」

由於武器抵擋不了劍砍，梅普露這才啟動槍砲，以支援【獵食者】的方式開始射擊。

魔王用盾牌抵擋砲火就擋不了【獵食者】，抵擋【獵食者】就要吃子彈。需要盾牌防禦的魔王和不需要的梅普露，差距在此明確顯現。

不過這座地城是競技場性質，魔王也是設計成和玩家單挑，當然具有一定的應變能力。現在它以盾牌抵擋射擊的同時，朝梅普露猛衝而來。梅普露看衝撞多半不會是穿透攻擊，持續射擊並舉起盾牌，放【獵食者】咬過去。在梅普露盯著長劍，看它會怎麼揮來時，魔王挺出了盾牌。

「唔咦！……呃！」

原來魔王真正要做的是盾擊，而梅普露雖然同樣是毫髮無傷，但全身都受到盾牌打擊。兵器粉碎，人也因為強力擊退效果而飛走。

「啊！」

擊退使得【獵食者】脫離【獻身慈愛】範圍，嚇得梅普露趕緊跑回去並叫回【獵食者】。

魔王則是用纏繞紅色特效的長劍施放迴旋斬，要劈開周圍的一切。

「趕上了！【抵禦穿透】【沉重身軀】！」

梅普露趕在最後一刻將蛇怪納入【獻身慈愛】範圍內，且立即使用免疫穿透和擊退的技能，平安度過這關。那似乎是魔王的強力攻擊，但只要來得及用免疫無效的技能就不用怕了。

「好，我不會再大意了！一口氣幹掉！」

她再度啟動武器，命令【獵食者】進攻。這次她不負其宣言，穩穩地將魔王逼入絕

境，最後魔王連一次反擊的機會都沒有。

石像HP逐漸削減，終於一膝跪地轟然倒下。梅普露眼看戰鬥結束而想往傳送魔法陣走時忽然停下，發現一個不太對勁的地方。

「怎麼沒有消失啊……？」

HP為零的石像倒在原處，怎麼看也沒有要化為光而消失的樣子。於是梅普露不解地走近石像，懷疑它還活著而敲了幾下。

「應該是打死了啊……嗯，有水？」

她往啪刷一聲的腳下看，發現底下有水漫出來，讓她想起上次和莎莉一起來時也有這種事。就在這時，周圍地面冷不防噴出大量的水。

「哇哇哇！」

梅普露嚇得急忙退開，只見石像周圍的水面叮叮噹噹地射出許多鎖鍊，鎖鍊前端附有矛鉤，緊緊地纏住了石像並拖進那淺淺的水灘裡，彷彿地面不存在一樣。

從沒見過的變化讓梅普露緊張得直吞口水，看著石像完全消失，一個穿潛水衣的人類和一艘像是殘破潛水艇的東西從水面冒出來。

活動開始以來，她打的活動怪全都是水中生物，這類型的還是第一次。

見到頭上顯示血條，梅普露也跟著備戰。

「這也有迷你版的話應該很不錯喔！」

想到能在小小海洋中設置探索人員，就讓梅普露充滿期待。然而類型差距太大，讓人難以猜測對方能力。於是她集中精神，啟動在這個充滿劍與魔法的世界中同樣異質的武器。

「【開始攻擊】！」

梅普露一開火，魔王就直接潛入地面避開，同時布展的水也隨之退去，看得她瞪圓了眼。

「咦？……哇！」

還以為魔王逃跑了，結果一大灘水以梅普露腳下為中心擴散開來，來不及反應的她被大量鎖鍊綁在原地。【獵食者】和糖漿仍有【獻身慈愛】保護，所以梅普露先等他下一步動作，以伺機攻擊。隨後腳下瞬時發出白光，劇烈衝擊炸飛了她。

「爆、爆炸了？」

水面衝起巨大水柱，如雨水沫嘩啦啦地下。這攻擊是會連鎖鍊一起破壞的大招，梅普露因而重獲自由。一般人被炸成碎片也不奇怪，但梅普露就只是被炸飛而已，可以重新穩住陣腳。她叫回【獵食者】，騎糖漿浮上空中，要用飛行遠離潛水的敵人。

「啊～嚇我一跳……這樣就拉開距離了吧！」

梅普露認為船錨射不到空中，放膽地往下窺視。發現魔王會定期上浮，前兆是出現水灘，很容易分辨位置。

而她的假設也沒錯，錨搆不到遠在空中的她，隨綑綁而來的爆炸也就不會發生了。

「先從這裡削他一點血好了。要是他潛下去偷襲，我應該躲不掉……」

梅普露重新造出先前才剛啟動就粉碎了的武器，趁魔王上浮時發射光束。只見光束被突然生成的水圓罩擋下，當水霧消失時魔王已經躲進水裡。

「不太行的樣子耶……可能不能這樣打。」

感到這樣效率會很差的她仗著自己位在安全地帶，慢慢思考該怎麼製造傷害。

「既然只有出來的時候攻擊才有效……嗯……」

從光束會被擋下看來，重複使用普通的攻擊恐怕沒有意義。往有無合適技能或值得一試的道具思考後，她想到了一個辦法。

「好～那我就這樣！」

梅普露將糖漿移動到視野良好的邊緣，將短刀指向地面。

「【毒龍】！」

短刀射出的毒液堆衝擊地面而散開，成為一大片毒沼。接著換個位置，等冷卻時間結束就再放一次，使廣大的競技場都布滿毒液。

梅普露繼續觀察狀況。水灘出現在毒液底下，魔王現身了。現在環境已經不同，到處都是劇毒，魔王一浮出水面就遭毒液侵襲，然後又潛入水底。

「好，成功！」

雖然畫面很難看，能在不受傷的情況下單方面給予對方傷害就堪稱是最佳解。魔王每次上浮都會中毒，ＨＰ一點一滴地減少，卻沒有手段對付人在上空的梅普露，只是反覆自撞毒液又下潛。

「最近很多東西都不怕毒，這招能用真是太好了。」

傷害不怎麼大，但梅普露早就習慣了等待，打持久戰是求之不得。現在只要等就行了，一點困難也沒有。

「有什麼好玩的咧～」

她先將魔王擺一邊，翻道具欄尋找可以殺時間的道具。裡頭有一大堆包括平常奏會玩的解謎玩具、各種玩賞物品或食物。由於材料不是交給伊茲就是賣錢，所以大半是娛樂用品。

梅普露挑幾樣出來，完全在糖漿背上開啟打混模式。

「能做的都做一做好了，【酸雨術】！」

下酸雨做最後的點綴，將魔王丟進地獄後，梅普露正式開始混時間。

她就這麼慢慢地等魔王自滅，花了很長一段時間才終於等到他化為光而消失。

而梅普露本人在這段時間裡都是躺著玩玩具，直到魔王死亡時啪唧一聲才發現戰鬥結束，挺腰坐起來。

「結束了！啊，是死在哪裡啊？」

忘了考慮這點的她往下望去，見到魔王最後所在的位置有一灘水，沒必要搜遍競技場找掉落物。

梅普露讓糖漿朝那降落，在毒沼找戰利品。撿著撿著，她在紫色池沼中發現其他發亮的東西而跑過去撿起來，結果不是迷你人也不是迷你潛艇，是個巴掌大的怪異黑匣。

「……要從哪裡開啊？」

到處仔細觀察了一陣子也看不出該從哪裡開啟，也沒有任何像是鑰匙洞的構造。

「先收起來再說吧。」

反正收進道具欄就好，只要沒有特殊負面效果，帶著到處走也不是問題。梅普露就這麼收下名為「失落遺產」的道具，祈禱下次能拿到迷你潛水艇，並思考著該怎麼更快打贏，同時走出地城。

第八章　防禦特化與團戰魔王

過了一陣子到處蒐集迷你怪物，團戰魔王要出了就過去打的日子，特別長的第九次活動終於來到最後一天。這天的重頭戲，當然就是討伐最後的團戰魔王。

【大楓樹】成員們也為此集合在公會基地，擬訂作戰計畫。

「魔王好像一天比一天強，所以最後一天就是整個活動裡最強的吧？」

「我也是這麼想。既然是最後一天，會來打的玩家應該也最多。要和這麼多玩家打的話……」

可以想見，魔王會擁有足以應付大量玩家包圍的ＨＰ和優秀廣域攻擊。但無論如何，【大楓樹】的戰略就只有一個。

「我們照老樣子，全力保護麻衣和結衣，讓她們用力打！」

沒人攻擊力比能夠實際暴打團戰魔王的這對姊妹更高了。【大楓樹】將以梅普露和克羅姆為中心布陣，奏以魔導書抵銷傷害，伊茲藉道具防禦，霞和莎莉等副攻擊手要負責清除障礙物或彈開攻擊，將結衣與麻衣護送到魔王身邊。

只要能夠接觸魔王，就能用必殺技級傷害的普通攻擊瘋狂削血，一路搥到死為止。

「「我、我們會加油的！」」

非她們不可的角色，使結衣與麻衣繃緊神經。她們至今參加了那麼多場團戰魔王戰，需要這份戰力的人不只是【大楓樹】而已，沒有其他戰友比她們更可靠的了。

「那就出發嘍！」

為避免任何遲到的可能，八人稍微提前啟程，等待團戰魔王出現。

目前八人共同移動的最快方式是騎【超巨大化】的巨大白蛇小白，便藉此抵達預定地。他們之前也會視魔王出現位置選用小白或糖漿，所以玩家們看到白蛇出現也會知道【大楓樹】來了。

有些玩家在這時候就會開始作勝利宣言了。事實上，看到飄浮在蛇頭上的大量巨鎚，會這麼想也不足為奇。

在活動裡看那些鎚子把團戰魔王當龜孫子打那麼多次，所有人都知道那是值得信賴的火力。

「已經有好多人了耶～」

「就是啊。還以為提早很多了，大概每個人都是這樣想吧？」

周圍人這麼多，小白龐大的身軀反而礙事。於是霞降下小白的頭讓所有人下來，將小白收回戒指。

「不曉得這次是怎樣的魔王，先收起來再說。」

巨大的小白戰鬥起來動作也大，基本上是以牠的高防禦和高血量承受對方攻擊並予以反擊。即使機動力不足以迅速閃避攻擊，等對方出手再回手也沒問題。就算小白無法攻擊，霞的戰力也有所增長，方法多得是。

再來就是和這些玩家一起等待團戰魔王出現而已。

有些人在和自己的公會成員複習戰略，討論怎麼視怪物類型改變行動，而有些人大概是因為見到小白出現，來到梅普露幾個的身邊。

「你們也來啦！今天我也等著看你們的表現喔！」

「你好……薇爾貝拉我來找你們，我就來了。」

「啊，薇爾貝！嗯，我們會一起加油的！」

梅普露瞥瞥公會成員們的臉，鬥志高昂地說。

「我幫得上忙的地方不多，危險的時候麻煩幫忙照顧薇爾貝一下……謝謝。」

團戰魔王對於異常狀態、移動位置、技能封禁等效果具有高度抵抗力。不然別說雛田這種專職的，只要有夠多人削弱魔王的能力，魔王就得站著等死了。

所以專精此道的雛田反而不利，在討伐團戰魔王上完全沒有之前合作時的存在感。

「雖然她這麼說，不過還是很可靠的啦。希望你們能相信雛田的判斷放手去打！」

「嗯！」

與薇爾貝和雛田交談時，另一個方向也有熟面孔走來。

「嗨，這次是最後一場了，人好像來得特別多耶。」

來人是莉莉和威爾巴特。這次莉莉直接換上旗手裝，威爾巴特身穿執事服，所以是莉莉主攻。

「【Rapid Fire】的人也來了不少呢。」

莎莉往莉莉的來處看，看到他們最近幾場的參戰成員都來了。

「最後一場了嘛。而且……這一次感覺會特別厲害喔。」

這次團戰魔王出現地點的水灘有幾十公尺寬，比之前的都大得多，蹦出強上數倍的魔王也不奇怪。

「就是啊，你們也要小心一點喔。」

「莎莉你們那邊的防禦力比較厲害，我們就要多注意，省得一不小心就倒了。」

「那當然。話說我還滿想看魔王會怎麼對抗我們這麼多玩家耶。啊，【炎帝之國】和【聖劍集結】也到了的樣子。」

遠處有一大群人聚在一起，附近又有帶電的龍和濺散火焰的不死鳥，屬於哪個公會是一目瞭然。

各方面都有高水準的第七階層級，堪稱最大戰力的玩家們全體出征，等待團戰魔王的出現。

「就快了吧。能活著打贏，我們再繼續聊吧。」

「好，沒問題。」

莉莉結束對話，回到自己公會的位置。薇爾貝她們也在這時說完，揮手離去。

「終於要開始了呢。」

「嗯。梅普露，防禦靠妳嘍。」

「看我的！」

為防止魔王一出場就攻擊，梅普露發動【獻身慈愛】後不久，廣大的水灘稍微發光，中央出現漣漪。接著水柱升起，一個手拿三叉戟，肌肉壯碩，身邊有激流環繞的巨人從中現身。

當在場眾人感到魔王不是過去所能比擬時，魔王在頭上生成巨大水團，召喚出大量至今出現過的各種活動怪。

同一時刻，所有怪物頭上出現血條，宣告最後的團戰魔王戰正式開始。

開戰的同時，魔王向天刺出三叉戟，身邊隨之湧現大量水流，如海嘯般往四面八方奔騰而來。

「梅普露！」

「【抵禦穿透】【沉重身軀】！」

梅普露心有靈犀地察覺莎莉的要求，以完備的防禦架勢抵擋海嘯。

免疫擊退和穿透傷害的梅普露和【獻身慈愛】保護下的七人成功捱過這波攻擊，但周圍的玩家就不盡然了。【獻身慈愛】只能保護隊友，撐不住水牆撞擊的玩家全都被向後沖開，跌得東倒西歪。

「各位！還好嗎！」

「託妳的福啊！這魔王也太粗魯了吧！」

梅普露和克羅姆兩個塔盾玩家，必須負責將結衣與麻衣送到魔王身旁。雖然魔王捲起的水遮掩了他的身形，但他是以腰部以上立於地面的方式出現，似乎不會移動。相對地，他頭上的水球會湧出大量怪物，正朝玩家們洶湧奔去。

水球也有血條，不先破壞水球，人數優勢就等於不存在。現在有許多玩家忙著重整隊形，對抗逼來的怪物。

「喂喂喂，不先打掉水球的話沒得打喔。」

「這邊我的機械神打不中啦！」

那位置離撐過海嘯的梅普露幾個已經有段距離，對於被推開的玩家而言離得更遠，魔法無法擊中。

這當中，只有一名玩家能對水球造成傷害。

「威爾巴特！」

「射得到啊？好厲害……！」

他在莉莉以士兵之牆擋下海嘯後立刻更換裝備，拉弓射擊。射程比機械神更長的箭發出紅光直線飛去，準確貫穿了水球，但ＨＰ減少的比率卻遠比預期的小得多了。照這情況，還得射上好幾十箭。莎莉知道他的箭對正常怪物都是一擊必殺，立刻察覺情況不對勁。

「說不定會減輕遠程傷害喔。」

「放這麼高了還這樣喔？」

「他叫威爾巴特是吧。從我聽說的攻擊力來看，那也未免太扯了……」

「抱歉打斷你們說話，好像又有東西要來了！」

奏的呼喊使所有人抬起頭，只見三叉戟再度刺向天空，大量水矛從天上射下來。

這次梅普露幾個同樣順利挺過，聽見到處有玩家在嚷嚷著說那是穿透攻擊。雖然水矛沒有密到躲不了，但也無法保證每次都躲得掉。而且為了保護結衣與麻衣，難以解除【獻身慈愛】。

「總之就只能一個個解決了吧。梅普露，魔王不曉得還會出什麼招，先跟克羅姆大哥一起專心防禦！」

若留在原處專心防禦，立於前方的兩人是能用塔盾抵擋水矛。只要能護住結衣與麻

衣，就隨時握有逆轉的機會，然而打破現狀也是當務之急。這裡應該要找人冒險嘗試突破，其他人以安全為重觀察變化才是上策。

「嗯，莎莉妳覺得呢？」

「我試試看打爆水球。猜錯的話我就回來。」

聽莎莉將回來二字說得理所當然，梅普露用表示期待的笑容替她加油。有莎莉那樣的實力，才能在見過剛才的水矛、海嘯和大量湧現的怪物還能說得這麼肯定吧。

「要是有個萬一，我也一起上。我好歹還能幫忙掩護。」

霞也決定跟進。攻擊力部分，只要有結衣與麻衣在就沒問題。那麼該跟去的，就只有同樣有點【ＡＧＩ】，具相當程度機動力的霞了。

「知道了。那就走吧，其他玩家死傷滿多的了。」

兩人在梅普露的保護下，整體狀態依然與開戰時相同，現在正是出擊的時候。莎莉和霞衝出【獻身慈愛】的範圍，奔向團戰魔王。

認為不能放任水球無限召喚小怪的各公會玩家們，也和莎莉跟霞一樣紛紛向前進攻，以各自擅長的方式嘗試接近魔王。

「【武者之臂】【血刀】！」

霞在奔跑當中使刀刃化為液狀，搶先收拾接近的怪物。霞的攻擊範圍無論長度還是橫幅都優於莎莉，還有許多強力技能。雖然莎莉能以自身能力彌補，但這種場面下霞會表現得更好。

「周圍交給我就行了！」

「謝謝，大招我來看！」

開路過程中，魔王又刺出三叉戟。這次地面漫開一層淺淺的水，到處冒泡。

「霞，這邊！要跟緊喔！」

「好！」

過去經驗使霞完全相信莎莉的判斷，分秒不差地緊跟在後，接著地面接連間歇泉似的噴發水柱。莎莉快速鑽過縫隙，拉近與魔王的距離。

距離只剩大約十公尺，而水球還遠在上方數十公尺處，不是跳躍能及。

不過，還有其他玩家也和她們一樣闖過了大量怪物和魔王的酷烈攻擊，自然會開始互相幫助。

「莎莉！又見面啦！」

「薇爾貝、雛田！」

莎莉早就料到薇爾貝會衝出來，見到雛田倒是有點意外。不知什麼緣故，雛田是緊貼在薇爾貝身上飄浮著，所以能跟上她的速度。

「啊，都沒看過妳這樣耶……」

「雛田是我拉過來的啦！」

「光是跟著她就快暈了……啊，現在不是說話的時候。」

薇爾貝她們的目的也是破壞水球，不能把時間耗在這種事情上。

「【寒冰階梯】！」

雛田發動技能後，一道冰所構成的階梯沿著魔王周圍向上延伸。這樣誰都能輕鬆爬上高處了。

「太好了！霞！」

「好，那我就不客氣了，謝謝！」

「我們也一起上！」

操縱重力飄浮的雛田，也貼著薇爾貝跟隨莎莉和霞奔上冰梯。薇爾貝身邊照樣是大量落雷，小怪無法接近，便遠遠地噴水攻擊。莎莉、霞和薇爾貝都有優秀的機動力，在踏腳處不大的情況下也能靈活躲避噴吐；雛田雖沒有機動力，卻因為和薇爾貝的動作完全同步，跟起來是一點問題也沒有。

「【冰牆】！」

她還以冰與重力抵擋攻擊，支援她們三個。下面其他玩家還在爬樓梯，她們四個已經抵達水球邊了。薇爾貝的雷擊打在水球上，依然是幾乎沒有傷害。

「【重力操控】！」

「先來個【重雙擊】的啦！」

薇爾貝因雛田的技能稍微上浮，貼近水球就直接砸出二連擊。即使飄浮稱不上加速，在這麼近的距離下也不是問題。

然而傷害還是出乎預料地低，再加上團戰魔王ＨＰ設定得較高，需要很長時間才能破壞水球。

「唔，沒想到這麼少……」

「怎麼辦？在這裡待太久的話，恐怕會躲不下去。」

目前薇爾貝離水球很近，能一併殺傷同在落雷範圍裡的水球和魔王，並迅速處理掉水球召喚的小怪。這部分是沒問題，但雛田的技能有時間限制，冰梯和重力操控都無法長久維持。

「能試的都試一試！薇爾貝，注意怪物！」

「知道了！」

莎莉對薇爾貝喊一聲後跳起，和魔王一樣造出水來，以游泳方式向上移動，在難以閃避的瞬間射來的噴吐就讓薇爾貝和雛田攔截。來到正上方時，她發動了技能。

「【冰凍領域】！」

莎莉往四周放射寒氣，凍結正下方的水球。那與造冰的技能略有不同，是讓物體凍結，魔王的水球也應聲化為巨大冰塊。

「現在怎麼樣！【五連斬】！」

「【振動拳】！」

「【最終式・朧月】！」

也許是水球結凍後性質改變，傷害有爆炸性成長，三人的技能都給予了確切傷害。再如此反覆幾次就應該能破壞水球了。

「有效喔！」

「等等，怪怪的……【心眼】！」

眼尖的霞注意到冰凍的球體中浮現藍光，直覺認為是攻擊而發動技能。緊接著，整個視線都被顯示預定攻擊範圍的紅光蓋滿。

「糟了，快退！」

莎莉立刻反應，薇爾貝也跟著退開。可是缺乏立足點的地形對玩家不利，冰球在她們退得夠遠之前從中一震而復原，向外發射在空中渦漩的刃狀水流。四人一看就知道那會造成致命傷，各自採取防禦措施。

「朧，【神隱】！」

「【卸轉】！」

「【冰牆】……！」

「【第三式・孤月】！」

四人利用從地圖上消失、彈開跳開等方式試圖度過危機，但是水刃數量實在太多，

都不認為自己能完全避開。

就在她們急著思考還有什麼方法時，左右掃來的火焰與白光瞬時轟散水刃，帶她們迅速逃離。

莎莉和霞抬頭查看發生什麼事，見到的是【聖劍集結】的四人組。

「呀呵～又玩得這麼驚險啊，得救了嗎～？」

「想不到妳們比用飛得還快。」

「結果空中召喚物太多，用飛的反而麻煩……」

在巨大化的雷依背上的莎莉和霞，往原本所在的位置望去，見到伊葛妮絲和【炎帝之國】的成員，看來是他們救走了薇爾貝和雛田。

「看來變成上次活動的延續了。一開始還看妳們在下面跑，結果速度比想像中快好多，真令人驚訝。」

「又被救了一命呢，謝謝你們。」

「不客氣。可是接下來換妳們幫忙了。」

「要讓水球結凍是吧。沒問題，能靠過去就好。」

儘管雛田的冰梯已經消失，但天上還有雷依和伊葛妮絲，可以再度接近。

「那我叫大家看到結冰就一起打喔。音符，【信鴿】。」

芙蕾德麗卡將窩在頭上的黃色小鳥派往【聖劍集結】的聚集地，等待雷依飛近。蜜伊他們似乎也有同樣想法，清除怪物的同時在周圍盤旋，等待機會。

「好，上嘍！」

培因用手對蜜伊他們打個信號，抓緊時間快速突襲。這次因莎莉再度接近而冰凍的水球受到十二人份的總攻擊，地面等待凍結的眾玩家也施放大量魔法與技能，削去大量ＨＰ，需要在攻擊魔王之前先摧毀的水球只剩下最後一絲絲ＨＰ了。這時冰球變回水球，再次射出全方位擴散的大量水流。

原本水球位置的中央，出現之前那些渦漩的水刃，和只有些許水流保護四周，像是核心的藍色物體。眾人一眼就明白，他們需要破壞那個核心。

應是源自ＨＰ大幅削減的強力水流，轉眼竄過眾人身邊飛向天空，同時魔王將三叉戟刺向天空，空中顯現出更為大量的水矛。地面也出現變化，要對上前進攻的玩家還以顏色。

見到無處可逃，威力不明，範圍又幾乎全域的攻擊，讓莎莉表情都僵住了。

蜜伊和培因眼看來不及逃出攻擊範圍，各使用抵銷傷害的技能避難，但他們能保護的對象只限於隊員與其召喚物而已。

「不包括我們……！」

「要全部躲開恐怕會累死的啦！」

「我盡可能支援妳們！」

「我也是，撐住！」

馬克斯等人立刻製造腳踏台或牆堵，米瑟莉布展不限對象的減傷領域。辛恩和蜜伊專注在盡可能擊落能擊落的攻擊。【聖劍集結】的多拉古和絕德，也用石頭和類似於莎莉的方式製造腳踏台，芙蕾德麗卡和培因則是張設屏障。

莎莉為他們一下子就對隊外玩家做出這麼多支援感到意外之餘，囑咐自己即使環境惡劣也要存活，並對霞、薇爾貝和雛田使個眼色。

表示要利用大家製造的大量腳踏台以及雷依跟伊葛妮絲的飛行，躲過天上傾注的水矛。

雖然只要破壞核心就能通過第一階段，但前提卻是得先活下來，讓莎莉有些被整的感覺，略帶怨恨地往核心看。

就在這剎那，她看見一道紅光鑽過渦漩水刃的微小縫隙，擊穿了核心。

飄浮的水矛在她圓睜的眼前消失近乎一半，迴避空間豁然開闊起來。知道只有一人辦得到這種事的她，心想狀況好轉之後更不能讓水矛射中，冷靜地集中精神。

「射爆了耶，不愧是威爾。」

「呼……是啊，總算保住弓手的顏面了。」

威爾巴特吐口大氣，和莉莉一起切換裝備。

「你幫他們解決掉那麼多，一定活得下來的。」

「等好消息吧，這邊就麻煩妳了。」

「好，看我的。」

莉莉造出大量沒有生命的士兵，準備犧牲它們保護眾多玩家。威爾巴特已經完成任務，接下來輪到莉莉守護更大的戰力。

「人數果然很重要。有這麼多玩家在，犧牲攻擊力保護他們比較合理吧？」

「嗯，那當然。」

說完，莉莉便使用可以無限製造的拋棄式士兵代為抵擋水矛與強勁水流，守護周圍所有玩家。

「好厲害，還以為會很辛苦，結果已經爆了。」

「莎莉她們都沒事的樣子。」

伊茲用望遠鏡查看巨人頭上，見到那十二名玩家似乎是已經順利避開水矛，各自分頭準備返回地面。

梅普露幾個當然是穩妥地度過攻勢，再來換他們對魔王進攻了。

「被擊退打飛或穿透攻擊要來的時候我會幫忙擋，妳放心前進就對了！」

「好！」

克羅姆也能用【多重掩護】替複數隊友吸收傷害。【抵禦穿透】進冷卻時間時，梅普露就舉盾等待，克羅姆也用盾牌保護可能會遭受穿透攻擊的隊員，盡可能讓梅普露不受傷害，慢慢縮短與魔王的距離。

儘管魔王因水球消滅而不再召喚怪物，海嘯和水柱卻獲得強化，而且魔王還開始揮動巨大三叉戟攻擊，到處都開始有玩家陣亡。

「水矛來了，不用顧我！【天使之護】！」

「好！【多重掩護】！」

克羅姆舉盾保護恐怕躲不過的結衣與麻衣，梅普露掩護伊茲，小心舉盾消除水矛的傷害，奏則是用【神界書庫】抽中的技能直接抵銷攻擊。

魔王攻勢相當猛烈，只能靠魔法或弓箭進行遠程攻擊，或是讓會飛的魔寵從空中打帶跑。莎莉幾個和【聖劍集結】跟【炎帝之國】的人在空中與地面之間往來，找機會穩穩地給予傷害。可是團戰魔王血多肉厚，以這種速度恐怕耗不贏他。

想改變這個狀況，就得中斷魔王的攻擊，所有玩家一口氣殺上去。為此，他們需要結衣與麻衣的痛擊。

問題是距離愈近，魔王的攻擊愈猛烈。天上水矛密度更高，地面水柱間隔更窄，向外推擠的水勢也更猛烈。

「我跟梅普露可以扛住傷害，可是擊退實在很傷啊！」

梅普露用【沉重身軀】就無法移動，技能冷卻中就無招可擋。擊退間隔一短起來，狀況實在很艱難。都已經成功在無傷狀態下持續推進到現在，每一步要慎重，不要胡亂嘗試以免崩盤。

這時候，稍遠處有聲音傳來。

「怎麼啦，走得很辛苦的樣子。」

「莉莉！」

「我來開路吧。不這樣的話不曉得能守到什麼時候。」

莉莉叫出更多士兵，下令替他們抵銷攻擊。

「好了，可以前進了吧？你們盡快阻止這些討厭的水，我們就能開打了。」

「知道了！我們快上！」

「好，這樣就快多了。謝啦！」

克羅姆和梅普露就此在士兵掩護下持續向前，就快到巨鎚攻擊範圍了。

「我也差不多能加入攻擊了吧？」

「是啊，等他們就位吧。」

「到時候我就去後方支援射擊。」

莉莉和威爾巴特，則是目送與士兵們破浪前行的【大楓樹】一行前進，留下來等待攻擊機會。

又度過幾波攻勢、撐過大招，梅普露幾個終於來到魔王底下，接下來要做的就只有一件事了。

「我立刻上ＢＵＦＦ！」

「我把能用的魔導書都用一用好了，萬一沒打斷反而糟糕。」

「好，再來就交給妳們了。一次揍扁他！」

「加油喔！」

時效短但效果強的技能一一加到結衣與麻衣身上，每一個都讓她們傷害暴增。當能夠提升的都提升完之後，她們身上纏繞著各形各色的氣場，氣勢洶洶如鬼神一般。

「「開始嘍！」」

兩人看準時機，一次高舉十六把巨鎚。

「「【雙重衝擊】！」」

那是誰都能學會的基礎技能，但命中的瞬間，魔王周圍的水全部爆散，取而代之的是巨量傷害特效。不管看幾次都覺得荒謬至極的壓倒性火力，使最後一天的團戰魔王都ＨＰ狂噴，向前一癱而單手拄地，吃力地用戟撐住。

對所有玩家而言，沒有比這更明顯的反攻信號，證明過去每場團戰魔王戰也都出現過的可怕重擊成功命中。

當眾人士氣大振而一舉進攻，梅普露幾個也準備追擊，要讓魔王再也爬不起來。這時，莎莉和霞也終於歸隊。

「梅普露！你們成功了是吧！」

「莎莉、霞！妳們都沒事啊！」

「幸虧有很多人幫忙。現在什麼狀況？」

「要開始總攻擊了！」

莎莉和霞聽了舉起武器，轉向倒地而空門大開的魔王。

最先發動攻勢的，是【炎帝之國】。

「哈哈，她們真有意思～」

「咻一下就走了呢……像風暴一樣。」

他們不禁回想奔向自己公會的薇爾貝，和飄在她身旁的雛田。

「他們會打他們自己的，我們不要錯過這個好機會，一起上！」

「好的好的！我就開打啦，【崩劍】！」

「我打也打不了多少……先預防他爬起來反擊好了。」

「大家儘管上，反擊來的話我會馬上補血跟復活！」

辛恩和蜜伊個人能力高，單打獨鬥當然也行，但【炎帝之國】這四人擅長的終究還是經過布陣的集團戰。米瑟莉的治療和馬克斯的陷阱在這時才得以發揮。在魔王身旁布陣完畢後，即使他爬起來也能一邊應付一邊進攻。

「韋恩，【遠遊之風】【隱形劍】！」

「【炎帝】【炎神之焰】！」

當然，辛恩和蜜伊並不是無法支援他人。辛恩擴大技能範圍，以風刃替周圍玩家的攻擊賦予額外傷害，蜜伊散布火焰，使周圍每個人的能力值大幅提升。

正如莉莉所言，數量就是力量。

「都給我上！」

在蜜伊的號令下，全體進攻開始了。

【炎帝之國】進攻的同時，踞於另一側的【聖劍集結】也一舉發動攻勢。

「每個人都要ＢＵＦＦ，忙死我了啦～」

「哈哈，不用像平常那樣顧防禦，應該比較輕鬆吧？」

「不知道是誰害我平常要一直顧防禦喔～？」

「還說這些做什麼，讓他爬起來就麻煩了。」

「是啊，我們也快上。雷依，【聖龍之祐】。」

「疾影，【影群】。」

「【狂戰】！厄斯，【大地之矛】！」

眾人各自自我強化，叫出魔寵。芙蕾德麗卡藉音符的力量提升大夥的能力，嗯嗯點頭。

「打好打滿喔～ＢＵＦＦ沒了我會重放～看你們的啦～」

芙蕾德麗卡自認工作完成而想坐下，卻被多拉古一把拉回來。

「麻煩妳也來幫打。」

「吼～很粗魯耶你～這麼大的魔王應該是躲不掉魔法啦，就來開心打靶好了～」

別看芙蕾德麗卡每次和莎莉決鬥，魔法都是全部落空，在多重魔法與音符重複施放的效果下，威力可不是鬧著玩的。

「培因，我會看時機把ＢＵＦＦ都轉給你，到時候要用力打喔～」

「好，看我的。」

目標愈多，這個能將所有強化轉移到一人身上的超強技能效果就愈大。換言之，現在就是它最強大的時候。

培因高舉放射光芒的長劍，用那直達天際般的輝耀劈斬魔王。「NewWorld Online」的最大勢力【聖劍集結】也呼應這一擊，開始突襲。

其他公會圍攻當中，【大楓樹】也在正面位置不停猛攻。人數雖比其他公會少，卻有以一抵百的結衣與麻衣在，傷害並不遜色。

「太誇張了，再怎麼樣也贏不了她們吧！」

「連比都不用比呢。」

霞和莎莉以及結衣與麻衣排成一排，對魔王又刺又砍，梅普露也在後方以機械神的武器不斷全力射擊。伊茲努力投擲早已做了一大堆的炸彈，克羅姆和奏也在幫她丟。

「那個，我是火力不怎麼樣才丟的，奏你還有魔法吧？」

「哎喲，魔法交給我旁邊這個明星臉丟就好啦？湊，【破壞砲】！俗話說能省則省嘛。況且我的傷害跟她們兩個比起來，根本就只是誤差。」

「能做多少就做多少啦。啊，ＢＵＦＦ沒了。克羅姆，幫她們丟ＳＴＲ藥水。」

「好！」

可惜八人的奮力攻擊無法直接殺死魔王，他終究是爬了起來，刺出三叉戟。目標當然是打出最多傷害的結衣與麻衣。

「「沒問題！【巨人雄威】！」」

十六把巨鎚一一打在刺來的巨戟尖端，將原本會受到的衝擊全都打回魔王身上。強化到極限的兩人膂力甚至高過巨人，將他的戟也彈了回去，所剩不多的ＨＰ幾乎見底。

「好～！一起推倒他！」

梅普露繼續開火，莎莉和霞快速連擊，克羅姆和奏打出所有能打的技能，伊茲不惜成本地狂砸炸彈等殺傷道具。

「「最後一擊！」」

最後團戰魔王戰最大功臣結衣與麻衣揮鎚一砸，巨人全身化為光點，終於消失得無影無蹤。

尾聲

「大家辛苦了～！」

團戰魔王戰結束，【大楓樹】返回公會基地慶祝勝利與活動告終。這次表現最驚人的結衣與麻衣被大家圍在中間猛誇，羞得都不知道該怎麼反應了。

「看到八把鎚子的時候真的很傻眼……」

「是啊，想不到還有怪能讓那種火力不至於過剩。」

「不曉得以後會怎麼樣……我實在不想太常遇到那種怪。」

能在她們鎚下存活的，有團戰魔王就夠了。

「啊，活動剛結束，或許有人會想休息一下，不過近期會開放第八階喔。」

「是喔，第八階要開啦！那個，這次活動有五枚銀幣吧，然後會開放第八階的哪裡這樣？」

「嗯。要過去以後才知道是哪裡的樣子。」

「不曉得是什麼樣的地方。」

「我是有點猜到了啦。」

「咦，這麼快喔！」

「我也差不多。」

梅普露央求莎莉和奏告訴她，但他們猛打馬虎眼，說自己看才有意思。

「別忘記去第八階一樣要打地城喔。」

「對呀，一樣要打。」

克羅姆和伊茲相覷地聳聳肩。

魔王。究竟要怎麼樣的魔王，才能承受結衣與麻衣的攻擊呢？

【大楓樹】就這麼對過路地城不怎麼擔心地等待第八階上線。

◆□◆□◆□◆□◆

時光飛逝，八人一等到第八階就立刻殺入地城。路上是生靈塗炭，有【獻身慈愛】保護的結衣與麻衣將粉碎所有怪物，抵達魔王房。

「好，開門嘍！」

「嗯，我隨時可以。」

「好，我照樣把能上的ＢＵＦＦ都上一上。」

看到結衣與麻衣因特效而全身亮晶晶後，梅普露推開了門。裡頭是有如史萊姆的膠狀生物，跟奏的魔寵很類似，會變化成第七階的各種生物來戰鬥。有人形、獸形，甚至是比魔物還要魔物的形態，飛天遁地都可以。玩家若不隨對方技能變化調整戰鬥方式，很容易露出破綻。堪稱是一個有彈性的全能型強力怪物。

「朧，【束縛結界】！」

「小白，【麻痺毒】！」

「湊，【催眠泡泡】。」

「【麻痺尖嘯】！」

「涅庫羅，【死亡之重】。」

八人一進門就狂灑大量異常狀態技能。或許是魔王能夠變換多種形態而具有較高抵抗力，只有涅庫羅的減速技能生效。不過速度變慢就表示拉不開距離，讓結衣與麻衣這對破壞的化身得以接近。

「「【決戰態勢】【雙重打擊】！」」

砰地一聲，還在變形的史萊姆連核帶膠都炸個粉碎。只有一擊，而且還有各式各樣的技能沒用上。

「樣子看起來會減傷的說……」

「沒有完全減免就是它死期到了。」

「哎呀，兩個人都歪到不輸梅普露了呢。」

「厲害喔！一擊就……呃，十六下？」

「打贏了耶！」

「那個……謝謝大家的支援和減速。」

「能這樣一下搞定真的很爽快呢。魔王有點可憐就是了……」

「但也要打得中才有意義。會吃減速的魔王，就算它嫩了……」

「對上其他人的話，力量就有得發揮了吧。」

霞、克羅姆和伊茲看著梅普露和結衣與麻衣開心擊掌，對慘遭爆死的魔王寄予各種懷想。

「啊，對了對了！第八階！我們走！」

「「好！」」

三人帶頭，五人隨後跟上，全員一橫列地挺進第八階。

「哇……！」

「怎麼樣啊，奏。猜對了嗎？」

「嗯～我沒有想到這裡來耶。」

「嗯，我也是。這樣探索起來會比較辛苦吧。」

八人面前是一片汪洋，而且建築物是由一次又一次建立在廢棄樓房的屋頂上堆疊而成。

「喔～這一階也好厲害喔。不會游泳會有點辛苦喔。」

「不只喔，這海應該很深吧……？希望有提供某些輔助工具。」

「嗯……這次活動限定怪掉的材料都是拿來做加強水中探索用的東西，就是為了這個嗎？」

游泳能力還可以，或是已有游泳技能可以升級的人都躍躍欲試，只有帶頭的梅普露和結衣與麻衣欣賞完景色之後開始慌張。

「怎、怎怎怎怎麼辦？」

這也難怪，她們因為能力值的關係無法取得【游泳】或【潛水】技能。

「怎麼辦？」

「嗯……如果找不到辦法的話……就只能一直待在這些只有一點點露出水面的屋頂上了……」

莎莉拍拍擔心沒得探索的三人的肩，要她們鎮定。

「放心放心！沒拿【游泳】技能的人很多，不會突然就非拿不可啦。當然，有的人會比較有利。」

所以她篤定會有某些救濟措施。聽她這麼說，梅普露幾個才鬆一口氣，決定先單純在這一階玩一陣子。現在才剛上第八階，不管有什麼都是逛過以後才知道，不需要盲目下定論。

「好～！這次也要到處逛一逛喔～！」

梅普露用力往上揮拳。第八階是水沒都市，玩家們要在零星突出海面的建築物，與沉睡於深深海底的古老城市裡探索。

後記

一時興起而捧起第十一集的讀者，幸會。一路看到這裡的讀者，請接受我無比的感謝。大家好，我是夕蜜柑。

簡單來說，這集又有新變化了，但不是在劇情走向上。有購買的讀者應該也已經知道了，第十一集的特裝版內含廣播劇ＣＤ，是能聽梅普露他們對話的寶貴機會，懇請各位多多關照。內容和預告的一樣，是【大楓樹】吃野草的過程。可以看到稍微偏離正篇，書裡沒寫到的梅普露他們日常生活即景。喜歡這類小故事的讀者請別錯過。

正篇主要是描寫第十集出場的新角色和主角群的互動，以及第九次活動。有這樣的技能和那樣的技能……而莎莉也在思考該如何在未來的ＰＶＰ對付強敵。大概就是這麼回事。一面猜測「未來」是什麼時候，一面從現有的技能預測怎樣搭配會有怎樣的打法，或許也挺好玩的喔。說不定，梅普露在這段時間裡又會變成其他東西……

希望各位能喜歡這樣的第十一集。

第十一集上市時，新年已經過了，也就是說ＴＶ動畫化已經是一年前的事，時間過得真的好快喔。這樣從嘴巴說出來，也讓人覺得聽見角色們的聲音也是很久以前的事了。日後將會有動畫續篇的進一步消息，請注意官方網站的通知喔。

ＴＶ動畫過了一年，網路連載至今則已經有四年多的時光了。各位扶持我走了這麼久，我真的很感激，也很想好好地把這個故事寫到最後。如果各位不嫌棄，也請繼續看到最後。

那麼，第十一集要在這裡結束了。

以後也請多多指教！

我一定會不枉各位的支持，繼續把故事寫下去。

希望每一集都能多少為各位帶來一些樂趣。

期盼我們在未來的第十二集再會。

夕蜜柑

（註：以上為日本的情況）

我的妹妹哪有這麼可愛！ 1~15 待續

作者：伏見つかさ　插畫：かんざきひろ

「我要在煙火底下向黑貓告白。」
黑貓if路線甜蜜展開！

遊戲研究社的社長對我們提出暑假時舉行取材宿營的提案。黑貓一開始雖然不打算參加，但是受到父親與妹妹的鼓勵後決定參加活動。在宿營的島上，我們遇見了名為槙島悠的少女。她意外地和黑貓相當投緣——

各 **NT$180~250/HK$50~80**

幼女戰記 1~12 待續

作者：カルロ・ゼン　插畫：篠月しのぶ

世界啊，刮目相看吧！膽顫心驚吧！
我──正是萬惡淵藪。

歷經愛國心的潰壞，以及殘酷現實的擁抱，傑圖亞正試圖架構一個成為「世界公敵」的舞台。比起語言、比起理性，單純地帶給世界衝擊。身為連逃奔死亡也做不到的參謀本部負責人，傑圖亞所圖的，是「最好的敗北」……

各 **NT$260~360/HK$78~110**

無職轉生～到了異世界就拿出真本事～ 1~24 待續

作者：理不尽な孫の手　插畫：シロタカ

魯迪烏斯前往畢黑利爾王國，
與久違十數年的瑞傑路德重逢！

魯迪烏斯來到伊雷爾南邊的某座村落，儘管路途中遇上些許麻煩，依然在睽違十幾年後順利與瑞傑路德重逢。然而，瑞傑路德的回應卻出乎魯迪烏斯的意料……！伴隨著預感在腦中一隅所湧起的不安，將隨著瑞傑路德的話語轉變為現實——？

世界頂尖的暗殺者轉生為異世界貴族 1～5 待續

作者：月夜涙　插畫：れい亜

女神將暗殺者召來面前究竟有何用意？
最強×無敵的超人氣刺客奇幻作品第五幕。

盧各等人成功討伐第三頭魔族後回到圖哈德領。顯赫戰功使王室對盧各信賴有加，卻有嫉妒的貴族正在對圖哈德家暗施毒計。盧各遂對威脅人類的魔族以及扯後腿的小人執行暗殺計畫，不料突然陷入沉眠，重生後相隔十四年與「肇端」的女神再次相會！

各 **NT$220/HK$73**

里亞德錄大地 1~4 待續

作者：Ceez　插畫：てんまそ

守護者之塔藍鯨的MP即將枯竭，
葵娜制定作戰計畫設法幫助它。

葵娜為了讓露可見長女梅梅，帶著莉朵和洛可希努再次前往費爾斯凱洛。待在費爾斯凱洛時，煙霧人型守護者告訴葵娜有個守護者之塔維持機能的MP即將枯竭，希望她幫忙。這個守護者之塔竟然是在水中移動，身長超過一百公尺的藍鯨……？

各 **NT$250~260/HK$83~87**

關於我轉生變成史萊姆這檔事 1~15 待續

作者：伏瀨　插畫：みっつばー

魔國聯邦與東方帝國的最終決戰即將開戰！
超人氣魔物轉生記，揭穿真相的第十五集！

與「灼熱龍」維爾格琳激戰的最後，盟友維爾德拉落入敵人手中！這項事實令利姆路震怒。於是，他下達命令——將敵人消滅殆盡。為此，他甚至讓惡魔們大量進化！魔國聯邦與東方帝國的最終決戰即將揭幕。並且，為了拯救維爾德拉，利姆路也將進化——

各 **NT$250~340/HK$75~113**

一房兩廳三人行 1～2 待續

作者：福山陽士　插畫：シソ

駒村漸漸察覺奏音與陽葵的心意，
同時童年玩伴友梨意外地告白——

上班族駒村習慣了與奏音、陽葵的同居生活，也開始察覺兩人對自己懷著特別的情感，但是他不能接受，因為他是成年人。就在他思考著今後的生活時——「我一直喜歡著你……遠在『那兩人』之前。」童年玩伴友梨意外的告白動搖了三人間的關係。

各 **NT$220/HK$73**

新說 狼與辛香料

狼與羊皮紙 1~6 待續

作者：支倉凍砂　插畫：文倉 十

寇爾與繆里組成只屬於他們倆的騎士團！
第一個任務竟是調查來自冥界的幽靈船!?

寇爾與繆里組成只屬於他們倆的騎士團。這時，海蘭託他們前去調查小麥的主要產地──拉波涅爾。當地有個駭人的傳聞，懷疑前任領主諾德斯通與惡魔作了交易。同時，有人想請寇爾這「黎明樞機」協助尋找新大陸，以期解決王國與教會之爭──？

各 **NT$220~280/HK$70~93**

青春豬頭少年不會夢到正義護理師

作者：鴨志田 一　插畫：溝口ケージ

都市傳說「＃夢見」在學生間成為話題。
郁實藉此化身為「正義使者」助人？

寫下來的夢會應驗——這個都市傳說「＃夢見」在學生們的SNS成為話題。咲太目擊郁實藉此化身為「正義使者」助人，也得知她碰上了類似騷靈的現象，而且原因好像來自以前的咲太……？開啟上鎖的過去之門，青春豬頭少年系列第十一集。

各 **NT$200~260/HK$65~80**

惡魔高校D×D DX.1~DX.6 待續

作者：石踏一榮　插畫：みやま零

回憶與現狀交錯的日常短篇&《織田信奈的野望 全國版》聯名短篇，登場！

駒王町開了一間能讓「D×D」成員聚在一起的咖啡廳！許多鮮少湊在一塊兒的成員間的對話相當有趣，伊莉娜和潔諾薇亞穿上制服的模樣也超可愛！往事聊得越來越起勁，我回想起和愛西亞剛變成惡魔時的事件，以及因神奇召喚術而結緣的……織田信奈!?

各 NT$180~220/HK$60~73

奇諾の旅 Ⅰ~XXIII 待續

作者：時雨沢惠一　插畫：黑星紅白

那國家有口大箱子，許多國民在裡面沉眠!?
銷售高達820萬本的輕小說界不朽名作！

「妳說那只箱子嗎？那是守護我們永遠生命的東西啊！」看似不到二十歲的入境審查官對奇諾如此說明：「在那裡，有許多國民們沉眠著！」「沉眠著……？」奇諾將頭歪向一邊表達不解。「那裡可不是墓地喔！大家都還活著！只不過——」

各 **NT$180~260/HK$50~78**

國家圖書館出版品預行編目資料

怕痛的我,把防禦力點滿就對了/夕蜜柑作；吳松諺譯. -- 初版. -- 臺北市：臺灣角川股份有限公司, 2021.03-

冊；　公分. -- (Kadokawa fantastic novels)

譯自：痛いのは嫌なので防御力に極振りしたいと思います。

ISBN 978-986-524-281-7(第8冊：平裝). --
ISBN 978-986-524-282-4(第9冊：平裝). --
ISBN 978-986-524-619-8(第10冊：平裝) . --
ISBN 978-626-321-044-8(第11冊：平裝)

861.57　　110000942

Kadokawa
Fantastic
Novels

怕痛的我，把防禦力點滿就對了 11

(原著名：痛いのは嫌なので防御力に極振りしたいと思います。11)

2021年12月6日　初版第1刷發行
2023年6月7日　初版第3刷發行

作　者：夕蜜柑
插　畫：狐印
譯　者：吳松諺

發行人：岩崎剛人
總編輯：蔡佩芬
編　輯：黎夢萍
美術設計：黃永漢
印　務：李明修（主任）、張加恩（主任）、張凱棋

發行所：台灣角川股份有限公司
地　址：104台北市中山區松江路223號3樓
電　話：（02）2515-3000
傳　真：（02）2515-0033
網　址：www.kadokawa.com.tw
劃撥帳戶：台灣角川股份有限公司
劃撥帳號：19487412
法律顧問：有澤法律事務所
製　版：巨茂科技印刷有限公司
ISBN：978-626-321-044-8